"독서 초보 아빠"를
"독서 고수 아빠"로 만들어 주는 길잡이

멋진 아빠로 만들어주는
아빠 독서

아빠 독서

초판인쇄	2017년 01월 15일
초판발행	2017년 01월 20일
지은이	류대국
발행인	조현수
펴낸곳	도서출판 프로방스
마케팅	최관호 조재호 신성웅
표지&편집 디자인	오종국 Design CREO
일러스트	서설미
ADD	경기도 고양시 일산동구 백석2동 1301-2
	넥스빌오피스텔 704호
전화	031-925-5366~7
팩스	031-925-5368
이메일	provence70@naver.com
등록번호	제2016-0001126호
등록	2016년 06월 23일
ISBN	979-11-959424-2-8-03810

정가 15,000원

파본은 구입처나 본사에서 교환해드립니다.

"독서 초보 아빠"를
"독서 고수 아빠"로 만들어 주는 길잡이

●

멋진 아빠로 만들어주는

아빠 독서

———

류대국 지음

프로방스

"책은 당신을 멋진 아빠로 만들어준다"

3년이 지난 지금 1,000권의 독서 목록을 갖게 되었다. 시를 쓰고, 작곡을 하고,
영화 서평도 쓰게 된 것, 그림에 재능을 보이는 큰아이를 홈스쿨링하기로 결정한 것,
아내가 나를 인정해 준 것, 아이들이 스마트 폰 게임보다 책을 더 좋아하게 된 것,
그리고 아빠다운 아빠가 된 것을 느낀 것도 모두 이 무렵이다.

　"나는 아버지인가 아빠인가?"

　'아버지'와 '아빠'는 의미는 같지만 그 느낌은 사뭇 다르다. 아빠는 아
직 젊다는 느낌이고 아버지는 이젠 늙었다는 느낌이다. 아빠는 친밀함이
느껴지지만 아버지는 거리감이 느껴진다. 아빠는 밝고 경쾌함이 느껴지
지만 아버지는 무겁고 어두운 느낌이다. 아빠는 곁에 있으면 기분이 좋을
것 같지만 아버지는 경직되고 긴장되는 느낌이다. 아빠는 대화가 잘 통할
것 같지만 아버지는 왠지 대화가 통하지 않을 것 같은 느낌이다.

　나의 아버지는 친근함보다 말수가 거의 없으셔서 조금은 거리감이 느
껴지는 분이었다. 자신의 일에는 성실하고 열심이었지만 자녀에게 표현
하는 것을 어색해 하는 분이었다. 그래서인지 나는 아버지라는 이미지보
다 아빠라는 이미지를 더 갖고 싶었다. 내 자녀에게 '아버지'보다는 말이
통하고 친근한 '아빠'가 되고 싶었다. 내 자녀가 존경하고 닮고 싶은 모델
이 되고 싶었다. 일만 하는 아빠, 꼰대 같은 아빠가 되기 싫었다. 불안한
미래 때문에 늘 인상 쓰고 있는 아빠가 되기 싫었다.

진정한 아빠가 되는 길이 무엇일까? 마흔이 되어서야 진지한 고민이 시작되었다.

자녀에게 롤 모델이 되는 멋진 아빠가 되고 싶다는 마음을 갖고 있던 어느 날, 나에게 우연한 만남이 있었다. 그것은 바로 책과의 만남이었다.

"장식품에 불과한 책이 내게 답이 되다."

어렸을 때는 책에 흥미가 없었다. 내게 책이란 먼지를 뒤집어쓴 채 책장에 꽂혀 있는 장식품에 불과했다. 막내누나는 '책도 읽지 않는 바보'라며 나를 놀렸다. 따분하기만 한 두꺼운 책을 쪼그리고 앉아 긴 시간 동안 읽는 게 한심해 보였다. 심지어 만화책도 좋아하지 않았다. 활자는 항상 내게 부담이었고 의미 없는 그림일 뿐이었다.

내 주위에는 책을 왜 읽는지, 책을 읽으면 뭐가 좋은지 알려주는 이도 없었다.

마흔의 어느 날 우연히 〈독서천재가 된 홍대리〉라는 책을 만나게 되었다. 이 책은 독서 초보인 나에게 부담이 되지 않는 소설 형식으로 재미있게 쓰여 있었다. 이 책에서 이지성 작가는 독서엔 세 가지가 있다고 말한다. '향유하는 독서, 지식을 얻는 독서, 삶을 변화시키는 독서'가 바로 그것이다. 〈독서 천재가 된 홍대리〉는 삶을 변화시키는 독서에 대한 이야기다. 마흔이 넘은 아빠인 나에게 필요한 독서는 삶을 변화시키는 독서였다. 반복되는 일상이 두려웠고 가장 사랑하는 자녀들과 대화가 되지 않는 것 또한 불안했다. 아빠인 나에게 삶의 변화는 절박했다. 독서를 통해 어떤 변화가 있는지 독서대가들의 삶을 좀 더 깊이 들여다보고 싶었다. 그리고 연이어 〈독서불패〉를 읽으며 '독서로 성장한 위인들'을 만났다. 책을 덮을 무렵, 독서만이 나를 멋진 아빠로 만드는 유일한 길임을 깨달았다. 책이 인생을 바꿀 수 있다는 말은 난생처음 맛본 달달한 아이스크림처럼 강렬하게 다가왔다.

" 책 읽기를 도전하다"

그날 이후로 책 읽기에 도전했다. 의지를 다지고 읽은 첫 책은 김난도 교수의 〈천 번을 흔들려야 어른이 된다〉였다. 그런데 5분 만에 책을 덮고 말았다. 독서 습관이 없는 내게 5분은 너무 긴 시간이었다. 화가 났다. 5분짜리 독자라고 생각하니 오기가 솟았다. 억지로 책을 들었다. 마지막 장을 덮을 때까지 걸린 시간은 한 달. 기억에 남는 내용은 없었다. 그러나 기분만큼은 째질 듯 좋았다. 태어나서 처음으로 느껴보는 책거리의 기분!

마흔 살 아빠의 독서가 드디어 시작된 것이다. 집 근처에 있는 커피숍에서 아침 9시부터 12시까지 3시간씩 매일 책을 읽었다(나는 오후에 출근해서 저녁까지 강의하는 영어 학원 원장이다). 매달 나의 용돈 대부분을 책 구입하는데 사용했다. 아내의 싫은 소리로 마음이 상하기도 했지만 나의 독서이력은 오히려 차곡차곡 쌓이기 시작했다. 독서에 대한 책부터 읽기 시작하여 자기계발서를 거쳐 문학, 역사, 철학, 경제 등의 분야로 넓혔다. 3년이 지난 지금 1,000권의 독서 목록을 갖게 되었다.

"아빠에게 독서는 다양한 표현이 가능하게 하는 선물이다"
"나이 들어 독서해 봤자 뭐가 달라지냐?"라고 묻는 아빠들이 많다. 나

또한 이런 아빠 중에 한사람이었다. 하지만 독서를 통해 나의 생각과 감정을 표현할 수 있는 어휘가 풍성해지는 것을 체험했다. 대부분 아빠들은 자신을 표현할 수 있는 어휘가 많지 않다. 그래서 자녀뿐만 아니라 아내와도 소통이 잘 되지 않는다. 마음을 적절하게 표현할 수 있는 어휘가 부족한 것이다. 독서를 통해서 어휘가 풍부해지던 어느 날 갑자기 나의 아내와 아들 그리고 아버지와 어머니에게 내 마음을 글로 표현하게 되었고 그것이 한편의 시가 되었다. 이 시에 전문적으로 배운 적도 없던 내가 작곡을 하는 창의성이 발현되었다. 그림에 재능을 보이는 큰아이를 홈스쿨링하기로 결정한 것도 아이들이 스마트 폰 게임보다 책을 더 좋아하게 된 것도 이 무렵이다. 아내는 내게 이렇게 말했다. "독서가 가진 힘이 정말 놀랍다. 예전의 당신이 어떤 사람인지 생각나지 않을 정도로 지금의 당신은 정말 많이 변했다."

독서를 통해 아빠인 내가 먼저 변하면서 가정의 풍경이 알록달록한 아름다운 모습이 되었다. 자녀들이 원하는 것만 무조건 해주는 '좋은 아빠'가 되기보다 내 자녀들의 모델이 되는 '멋진 아빠'로 지금도 조금씩 변하고 있다.이제 독서는 아빠와 가정 그리고 자녀의 행복을 보장해 주는 필수품이다.

이 책을 읽는 당신은 독서를 통해 '좋은 아빠'에서 한 단계 업그레이드된 '멋진 아빠'로 변하게 될 것이다.

2016년 겨울

저자 **류대국**

Contents | 차 례

Prologue | 프롤로그 __ 4

Chaptes
01

아빠가 책을 읽으면 가정 풍경이 달라진다 __ 13

01 돌고 돌아 마흔에 처음 접한 책 __ 14
02 정말 책이 인생을 바꿔줄까? __ 17
03 아빠가 책을 읽으면 집안 풍경이 달라진다 __ 27
04 삶의 우선순위가 달라졌다 __ 32
05 머리 굵은 자녀와 대화가 되다니! __ 36
06 자녀와의 관계를 다시 세우다 __ 40
07 아빠가 된다는 것 __ 44
08 아이의 변화 __ 49
    [아빠의 독서 성장기 ①] 책을 읽으면 아빠가 먼저 성장한다 __ 56

Chaptes
02

어떻게 준비해야 〈아빠 독서〉인가? __ 63
– 책과 친해지기 위한 독서환경 만들기

01 4가지 독서환경을 만들자 __ 64
02 어디서 읽을까? __ 68
03 언제 읽지? __ 73
04 책값을 아끼지 마라 __ 77
05 아빠 독서의 출발점 : 독서 관련 책부터 읽어라 __ 81
    [아빠의 독서 성장기 ②] 아빠가 독서하면 뇌가 움직인다 __ 87

Chaptes 03

어떻게 읽어야 〈아빠 독서〉인가? __ 93
– 책 중독자가 되기 위한 좌뇌식 정독 습관 만들기

01 속독을 권하는 책들을 경계하라 __ 94
02 정독 습관 만들기 ① 책 읽는 방법 3가지 __ 98
03 정독 습관 만들기 ② 책은 눈이 아니라 손으로 읽는다 __ 102
04 정독 습관 만들기 ③ 독서노트를 써보자 __ 106
05 정독 습관 만들기 ④ 서평을 쓰면 책이 나의 것이 된다 __ 111
06 정독 습관 만들기 ⑤ 함께 읽기는 힘이 세다 __ 114
07 삶의 변화를 만드는 독서법 : 정독에서 다독으로 __ 120
08 333법칙 __ 123
   [아빠의 독서 성장기 ③] 아빠가 독서하면 심장의 온도가 올라간다 __ 132

Chaptes 04

어떻게 완성해야 〈아빠 독서〉인가? __ 139
– 표현본능을 일깨우는 우뇌독서로 갈아타기

01 읽기만 하고 그치는 좌뇌식 독서 극복하기 __ 140
02 에듀케이트(educate)식 독서란 무엇인가? __ 144
03 읽었으면 표현하라 __ 147
04 아빠들아, 책을 읽으면서 울어본 적이 있는가? __ 153
05 창의성 개발은 아이의 몫? __ 159
06 그들은 왜 예술가가 되었을까? __ 164
07 내 인생에 한 권쯤 책을 쓰면 좋겠다 __ 170
08 책과 일상의 연결, 통합적으로 사고하라 __ 174
09 묵상과 일일일언 __ 186
   [아빠의 독서 성장기 ④] 아빠가 독서하면 삶의 온도가 올라간다 __ 191

Chaptes
05 먹어보니 맛 좋은, 내 인생 5권의 책 __ 199

01 5권의 책을 가슴에 품어라 __ 200
02 시간의 여유를 즐겨라 : 성공하는 사람의 7가지 습관 __ 207
03 관계의 여유를 즐겨라 : 카네기 인간관계론 __ 218
04 정신적 여유를 즐겨라 : 논어 __ 222
05 경제적 여유를 즐겨라 : 부자 아빠 가난한 아빠 __ 227
06 영적인 여유를 즐겨라 : 성경 __ 233
   부록 | 5장 관련 추천 도서 __ 240
   [아빠의 독서 성장기 ⑤] 아빠가 책을 읽으면 글이 만들어진다 __ 244
   [아빠의 독서 성장기 ⑥] 아빠가 독서 하면 예술가의 숨은 본능이 발현 된다 __ 249

Epilogue | 에필로그 __ 256

어렸을 때부터 책에는 도무지 흥미가 없었다.
책은 단지 책장을 채워주는 장식품 중에
하나에 불과했다.

아빠가 존경의 대상이 되고
인생의 모델이 되고 함께 대화하고 싶어지는
친구이자 조언자가 되어야 한다.
이 모든 것은 아빠의 독서에서 시작된다.

아빠가 책을 읽으면
가정 풍경이 달라진다

01

돌고 돌아 마흔에 처음 접한 책

책은 외로운 마음에 위로가 되었고 방향이 되었고 도전의식을 일깨워주었다.
그리고 뜻밖의 선물, 내 안에 숨은 감성과 창의성을 발견하게 해주었다.

20대 아빠는 매일 아침 눈을 뜨면 사랑하는 아내의 얼굴을 본다. 그 순간은 영화의 한 장면처럼 내 삶의 행복이었고 기쁨이었고 살아갈 이유였다. 세상이 그렇게 만만한 게 아니라는 것을 미처 몰랐던 25살에 우리는 결혼했다. 한 달에 얼마나 벌어야 생활이 가능한지, 앞으로 몇 년을 벌어야 집을 장만할 수 있는지, 차를 구입하려면 예산 계획을 어떻게 짜야 하는지 아무런 생각이 없을 때였다. 함께 있다는 것 자체가 행복이었다. 하지만 현실은 그렇지 않았다. 늦가을 서리처럼 성큼 다가왔다.

30대가 되자 이 철부지 아빠는 이제 막 태어난 아이로 행복했다. 가족과 친척 그리고 친구들의 축하를 받으며 내게 즐거움을 안겨준 아이의 작은 몸짓에 기뻐했다. 하지만 기쁨도 잠시. 아이의 탄생으로 행복

주머니도 자랐지만 지출주머니도 함께 커졌다. 아직 안정적인 수입을 기대하기 어려웠던 시절이라서 아내와 나는 연세 드신 어머니에게 아이를 맡기고 생활전선으로 뛰어들었다. 기저귀 값, 분유 값에 어린이집도 보내야 하고 병원에도 가야 했다. 우리 가정의 행복을 지키기 위해서는 발이 부르트도록 뛰어다녀야 했다.

40대로 접어들자 아빠는 이제 한시름 놓는다. 사회에서 자리를 잡고 열매를 거두기 시작한다. 사업은 무난하고 수입도 안정적이었고, 아이들도 문제없이 잘 자라주고 있었고 아내는 여전히 내 곁을 지키고 있다. 돌아보면 스스로가 대견했다.

그러던 어느 날, 소외감을 느끼기 시작했다. 소파 옆자리에는 항상 사랑스런 아내와 귀여운 아들이 앉아 있었지만 이유를 알 수 없이 외로웠다. 이렇게 매일 반복된 삶을 살아야 한다는 게 갑자기 무서워졌다. 돈을 벌기 위해 살다가 어느 날 연기처럼 증발하는 것은 아닌지 두려움이 엄습했다. 마흔이 되면 아빠는 생의 정점에 오르고 이제부터는 서서히 내리막길을 걸어야 할지 모른다. 가족과 멀어지고, 대화가 힘들어지고, 세상일을 혼자 다 알고 있다는 듯이 TV에서 정치얘기와 정치인만 나오면 욕하며 개그프로에도 전혀 반응하지 않는 썩은 나무토막처럼 사그라지는 게 아빠의 숙명을 밟아야 하는지 모른다. 그런 생각 끝에 문득 몸서리가 쳐졌다.

뭔가 변화가 필요했다.

무엇을 바꾸어야 할까? 고민에 고민을 거듭했다. 아내가 달라져야 하는 것도 아이들이 달라져야 하는 것도 아니었다. 바로 나 자신이 변화되고 내 생각을 바꾸어야 되는것이다.

　　그때 내가 선택한 것이 책이었다. 책은 외로운 마음에 위로가 되었고 방향이 되었고 도전의식을 일깨워주었다. 그리고 뜻밖의 선물, 내 안에 숨은 감성과 창의성을 발견하게 되었다. 그렇게 내 가슴의 빈 부분을 채워가다 보니 어느 새 아빠로서 행복해하고 있는 나를 발견했으며 아내와 자녀가 오늘도 웃으며 함께 대화를 나누게 된 것을 독서의 공으로 돌리면 오버인가?

　　소크라테스는 이렇게 말했다.

　　"남의 책을 읽는 데 시간을 보내라. 남이 고생한 것에 의해 쉽게 자기를 개선할 수 있다."

정말 책이 인생을 바꿔줄까?

독서집중시간도 5분에서 10분 10분에서 1시간 2시간 3시간으로 늘어났다.
걸음마를 마친 어린아이는 이제는 걷기 시작한다.

나는 책을 좋아하지 않았다. 책과 담을 쌓고 지내다 보니 누님이 '책 안 읽는 바보'라며 놀렸다. 그 나이의 남자아이가 책을 좋아한다는 게 더 이상하지 않은가? 책을 읽지 않았지만 사는 데 큰 불편도 없었고, 성적도 나쁘지 않았다. 책을 왜 읽어야 하는지 이유를 찾지 못한 채 어른이 되었다.

그러다 마흔이 다가왔다. 문득 내가 살던 동네가 달라져 보였다. 큰길 옆에 잡지 포스터를 걸던 서점도 어느 샌가 사라져 버렸고, 버스 정류장의 동네 소아과도 자취를 감췄다. 대신 구멍가게 자리에 편의점이 들어서 있고, 이발소 대신 부동산이 들어섰다. 이런 사정은 우리 동네만 그런 게 아니었다. 친구들 얘기를 들어보니 서점에 가려면 차를 타고 광주 시내로 나가야 하고, 병원 한 번 가려면 버스를 갈아타야 한다는 말도 나왔다. 가게도 병원도 서점도 모두 대형화되고 있었고, 이제 작은 자본으로는 아무것도 할 수 없는 시대가 되었다. 소자본으로 시작할 수 있는 자영업은 '열에 아홉은 망하는 일'로 전락했다. 언론에는 "중산층이 빈곤층으로 전락하는 지름길이 자영업이다"라는 말이 공공연히 보도되었다.

지금껏 성실히 살아왔다고 자부하던 나는 충격을 받았다. 지금 하는 내 일이 언제까지 잘 될 수 있을까? 앞으로의 생존은, 내가 열심히 하는 것과 상관없었다. 대형자본화의 물결 앞에서 나는 나약한 부초에 불과했다. 발등에 불이 떨어졌다.

"어떻게 해야 지금까지 일궈온 행복을 앞으로도 계속 누릴 수 있을까?"

나의 독서는 이 질문에서 시작되었다.

자본을 이기는 길은 보이지 않았다. 돈이나 경쟁이 아닌 개성과 자기계발에서 답을 찾았다. 내가 잘하는 일을 더욱 갈고닦고, 그래서 남이 나를 찾게 만들 수 있다면 어떤 환경에서도 살아남을 수 있을 것 같았다. 그리고 문득 발견하게 되었다, 모든 성공자의 손에 책이 들려 있다는 사실을. 링컨, 정약용, 손정의, 빌 게이츠, 스티브 잡스, 마오쩌둥 등 사회적으로 성공하고 존경받는 많은 인물들이 '책에 길이 있다'고 얼마나 많이 외쳤는가.

확인하고 싶었다. 책이 성공을 보증한다는 그 말이 사실인지, 평범한 나 같은 사람도 바뀔 수 있는지 알고 싶었다.

그렇게 달려간 서점에서 '김병완'이라는 저자의 책을 만났다. 3년 동안 1만 권의 책을 읽고 3년 만에 50여권의 책을 집필한 사람이었다. 10년 동안 삼성에서 일했던 샐러리맨이 독서생활 3년만에 베스트셀러 작가가 되었고, 지금은 '김병완 칼리지'를 운영하며 책 쓰기 강사 및 코치로 활동하고 있다. 그의 저작뿐 아니라 인생 자체가 '책이 인생을 바꾼다'는 말을 대변하고 있었다. 이지성 작가도 마찬가지였다. 그는 〈리딩으로 리드하라〉라는 책에서 고전 읽기가 인재를 만든다고 주장했다. 평범한 초등학교 교사였던 이지성 작가 역시 책 읽기를 통해서 10년 만에 베스트셀러 저자가 되었다. 처음 그는 부모님도 고개를 저을 만큼 글 솜씨가 형편없었다고 한다. 그런 그가 책 읽기 훈련을 거치며 '서민체'를 알게 되고, 베스트셀러 작가가 되었고, 인생도 바뀌었다.

김병완과 이지성은 나에게 '책은 평범함을 넘어서게 만든다'는 사실을 일깨워준 사람들이었다. 증거를 발견하자 믿음이 생겼다.

한 달 만에 1권 읽기

먼저 언급해 둘 게 있다. 독서를 시작하게 된 계기는 '이대로는 안 된다'는 가장으로서의 위기감 이었지만 내가 이른 곳은 조금 다른 곳이었다. 불안감에서 시작한 책 읽기였지만 꼭 어떤 변화를 얻어야 한다는 마음이 있었던 건 아니다. 일단 부딪쳐 보고 독서가 이끄는 대로 가자고, 나를 맡겼다.

가장 먼저 집어든 책은 당시 베스트셀러였던 김난도 교수의 〈천 번을 흔들려야 어른이 된다〉였다. 지금 보면 술술 넘어가는 책이다. 하지만 그때는 책을 펼치자마자 벽에 부딪쳤다. 10분을 앉아서 읽는데 잠이 쏟아지기 시작했다. 더 이상 읽을 수가 없었다. 10분 동안 읽은 분량은 2~3페이지. 게으른 선비가 남은 분량이 얼마인지 페이지를 세고 있듯이 책장을 팔랑팔랑 넘기며 한숨을 푹푹 쉬었다. 잠깐 쉬자며 책을 덮었더니 1주일이 흘러버렸다. 며칠 후 억지춘향으로 책을 펼쳤다. 이번에는 형광펜으로 밑줄을 그어가며 읽었다. 10분이 지나자 또 그분이 오셨다. 읽은 분량은 역시나 2~3쪽. 뭔가 대책이 필요했다. 목표를 세웠다. 매일 한 꼭지씩 읽기!

한 달이 지나자 비로소 마지막 페이지를 넘길 수 있었다. 옆에서 지켜보던 아내는 한숨을 내쉬었다. 이렇게 쉬운 책을 거북이처럼 읽어대는 모습이 한심스러웠는지도 모른다. 하지만 나는 내가 대견했다. 영어 관련 책을 제외하고는 완독해본 기억이 없기 때문이다. 세상에 존재하는 수많은 서적들은 지금까지 나와 무관했다. '나는 영어를 가르치는 사람이니 영어책만 보면 된다'고 스스로 위로하며 책과 동떨어진 인생을 살아왔는데 그런 내가 인생 처음으로 영어 아닌 책을 마지막 글자까지 다 읽었다.

그때의 기분이란 배밀이를 하던 아이가 첫 걸음마를 뗀 것에 비유할 수 있으리라. 두 발로 걷기 시작한 아이에게 세상은 신비로움으로 가득하다. 보이는 것은 무엇이든 만지려고 하고 입에 넣어보려고 한다. 나도 마찬가지였다. 방금전 읽은 책에서 추천하는 책은 모조리 사기 시작했다. 인문고전이 무엇인지, 자기계발 서적이 무엇인지 구별할 수 없던 시절이었다. 내가 읽을 만한 수준인지 아닌지도 상관없었다.

물론 여전히 나의 독서는 '걸음마 수준'이었다. 한 글자도 절대 빠뜨리지 않고 소리 내어 읽었다. 그런 내 모습을 보고 아내는 비웃었다. 남편이 저렇게 정성스럽게 책을 읽을 때는 '무게감 있는 책인가 보다' 싶었을 텐데 알고 보니 심심풀이로 읽으려고 해도 너무 수준이 떨어지는 책이 아닌가! 하지만 신경 쓰지 않았다. 나는 책의 수준을 논할 단계도 아니었고, 모든 게 신천지 같은 느낌이었다. 만나는 문장마다 새로운 정보와 감동적인 사례가 담겨 있었기 때문에 절대로 허투루 지나칠 수가 없었다. 그 덕분에 다 읽고 나면 책은 형광펜과 볼펜으로 어지럽게 밑줄이 그어져 있었다.

다행히 독서 속도는 조금씩 개선되었다. 한 달에 1권으로 시작해서 몇 달 뒤에는 1주일에 한 권씩 읽을 만큼 속도가 붙었다. 1주일에 한 권씩, 혹은 4~5일에 한 권씩 끝내는 맛은 중독성이 있었다. 얼마나 흘렀을까. 하루는 지금까지 읽은 책들이 제법 된다는 사실을 알게 되었다.

그간 읽은 책을 정리하고픈 욕심이 생겼다. 완독한 책의 목록을 작성하여 SNS로 공유해 보았다. 주위의 반응이 뜨거웠다. 격려와 칭찬이 이어졌다. 칭찬은 고래도 춤추게 한다던가. 칭찬을 들으니 더욱 힘이 났다. 본격적으로 '칭찬받기 위해서' 책 제목과 좋은 문구, 완독한 날짜를 스마트폰에 네이버 메모장에 기록하기 시작했다.

기록이 쌓이면 주변 지인들에게 자랑하고 싶어졌다. 반응은 즉각적이었다. '대박'이라는 문자와 함께 '엄지 척' 이모티콘이 쏟아졌다. 학교 다닐 때 받은 칭찬 말고는 처음이었다. 나이 마흔에 이렇게 말하는 게 이상할지 모르지만, 칭찬을 받으면 소년처럼 가슴이 벅차올랐다.

칭찬은 중독성이 있었다. 좋은 문구는 잘 기록해 두고, 목록도 잘 적어두었다. 그러나 좋은 시절은 오래 가지 못하는 법. 반응은 금방 시들해졌다. 그래서 이번에는 '추천 도서'를 선별하여 간단한 서평을 기록하여 공유하기 시작했다. 그러자 죽었던 반응이 살아났다.

"추천 감사합니다."

"추천한 책 꼭 읽어 볼게요."

신이 났다. 하지만 이 역시 시간이 지나면서 반응이 시들해졌다. 영원할 줄 알았던 그들의 칭찬이 썰물처럼 빠져나가자 문득 부끄러웠다. 칭찬을 기대하고 책을 읽은 게 아니잖은가? 나를 변화시키는 독서가 아니라면, 나를 성장시키는 독서가 아니라면 왜 책을 읽는가? 마음을 다잡았다.

1년 80권 : 분야 넓히기

1년 동안 읽은 책의 목록을 정리해 보니 총 80여권이었다. 한 달에 10권을 넘긴 달도 있었다. 독서 집중시간도 5분에서 10분, 10분에서 1시간, 2시간, 3시간으로 늘었다. 걸음마를 마친 어린아이는 껑충껑충 뛰기 시작한다. 나의 독서도 한 단계 성장했다. 좌우로 늘어선 글자를 빠르게 읽을 수 있었고, 정독해야 할 부분과 속독해야 할 부분을 자연스럽게 구분했다. 독서 편식도 줄었다. 경제, 건강, 심리학, 철학, 역사 등 분야를 넓혔다. 경제이론서와 부동산, 주식 관련 책, 사업에 성공한 이들의 책을 읽었다. 이론서는 복잡한 용어를 이해하는 데 인내와 노력이 필요했다. 부동산이나 주식 책은 이해는 쉬웠지만 그대로 실천하기가 어려웠다. 건강 분야 서적은 대체의학에 관한 책들이 많았다. 병원에만 의지하지 말고 자연원리로 병을 치료한 경험자들의 이야기를 접하는 시간이었고, 마침 비염 때문에 고생하고 있던 차에 효과를 많이 보았다. 심리학은 몰랐던 사람들의 마음을 알게 되는 시간이어서 무척 흥미로웠다. 철학을 읽을 때는 소크라테스부터 현대 철학자까지 간단히 소개한 책부터 시작했다. 소크라테스의 제자가 플라톤이고, 플라톤의 제자가 아리스토텔레스이고, 아리스토텔레스가 알렉산더 대왕의 스승이었다는 사실도 새롭게 알게 되었다. 역사 역시 전체를 조망

할 수 있는 책부터 시작했다. 〈세계사를 움직이는 5가지 힘〉과 〈거꾸로 읽는 세계사〉가 도움이 되었다. 다만 역사는 너무 방대하여 관심사를 조선시대로 국한시키고 조선 시대 왕에 대한 책을 읽어갔다.

그렇게 한 권씩 채워가며 1년 동안 80권의 책을 읽게 되자 자신감이 붙었다. 내년에는 몇 권까지 읽을 수 있을까? 1년 200권은 어떨까? 한 달에 평균 17권을 읽어야만 200권이 가능하지 않은가?

다음 1년 200권 : 독서 가속도의 법칙

2년째 나는 미친 듯이 책을 읽었고, 기어이 목표로 삼았던 200권을 달성했다. 그 사이 많은 변화가 생겼는데 당장 집안 분위기가 달라졌다. 거실의 한가운데를 차지하던 TV가 사라지고 책장이 거실 벽을 가득 채웠다. 거실, 방, 화장실 어디를 가든지 내 손에는 늘 책이 들려 있었고, 언제인가부터 주변 사람들이 나에게 독서방법에 대해서 묻기 시작했다.

두 번째 1년간 나도 모르게 독서습관이 몸에 배었다. 책 읽는 속도도 무척 빨라졌고, 무엇보다 독서의 주도권이 생기게 되었다. 전에는 남이 추천해준 책을 읽었지만 이제는 스스로 선택한 책을 읽었다. 주위의 칭찬이 없어도 책 읽는 것 자체가 즐거운 시간, 행복한 시간이 되었다.

독서 방식에도 변화가 생겼다. 전까지는 분야별로 책을 읽었는데 나중에는 주제별로 책을 읽게 되고, 다시 저자별로 독서가 확장되어 갔다. 책의 요점이 자연스럽게 정리되기 시작했고, 내 주변에서 벌어지는 현상의 숨은 이면이 보이기 시작했다. 영화를 봐도 감독의 메시지를 찾으려고 했다. 이전에는 액션이나 스케일만 따지던 내가 영화의 명대사에 시선이 갔다. 더욱 놀라운 것은 뭔가 표현하고 싶은 의욕이 일었다는 사실이다. '시'라고 부르기에는 조금 민망한 짧은 글을 쓰기 시작했고, 그 글에 멜로디를 붙여 노래를 만들었다. 시를 쓰고 작곡한 지 1년 만에 100곡을 만들었다. 사람들에게 작곡을 배운 적도 없었는데 작곡하게 되었다고 말하면 뜨악하게 쳐다본다. 나도 이상했다. 이건 아직도 미스터리한 점이지만 체험하지 않고서는 실감하지 못하는 법이리라.

지금까지도 나의 독서는 계속 이어진다. 4년이 다 되어 가는 지금, 독서 목록은 1,000권에 가까워졌다. 얼마 전부터는 스마트폰에 메모하던 독서 기록을 따로 '독서노트'를 만들어 기재하고 있으며, 단순 요약을 넘어 느낀 점도 쓰기 시작해 지금은 여러 권의 독서 노트를 채웠다. 독서의 '양'이 채워지자 '질'에 대한 갈증이 일었다. 읽었던 책을 다시 들게 된 건 그런 이유 때문이었다. 책도 점차 어려운 책으로 넘어갔다. 새롭게 접하는 책들은 흔히 '고전'이라고 부르는 도서들이었다. 사서삼경, 플라톤의 대화편, 아리스토텔레스의 〈니코마코스 윤리학〉, 존 스튜어트 밀의 〈자유론〉, 〈공리주의〉 등의 책을 하나씩 읽었다. 타인의 설명 없이 내 힘으로 고전을 읽는 느낌은 확달랐다.

그 무렵, 아내는 내게 이렇게 말했다.

"독서가 가진 힘이 정말 놀랍다. 예전의 당신이 어떤 사람이었는지 모를 정도로 지금의 당신은 정말 많이 변했다."

책을 '취미생활'로 읽었다면 아마 일상의 변화까지 겪지는 못했을 것이다. 그러나 책은 서서히 마음에 젖어들었고, 잠재되어 있던 나의 뇌에 깊은 자극을 준 것 같다. 마음이 달라졌으니 보이는 세상이 달라질 수밖에. 아내를 대하거나 자녀를 마주할 때 나 역시 나의 새로워진 시선을 느낄 때가 많았다. 그 중에 하나가 두 아들의 교육 문제였다. 아내와 나는 고민 끝에 첫째 아들을 중학교에 보내지 않기로 결정했다. 3년간 홈스쿨링을 하며 소질을 보이고 있는 미술과 독서에 집중시키기로 마음먹었다. 아내가 내 의견에 동의해줄 수 있었던 이유도, 이미 책을 통해 변한 아빠의 모습을 확인했기 때문이리라.

03

아빠가 책을 읽으면 집안 풍경이 달라진다

아빠의 독서는 공간을 바꾸고 여유시간을 우리에게 선물해 준다.
가족 간 대화의 내용이 달라지고 관계가 깊어진다.

가정에서 아빠의 역할은 매우 중요하다. 아빠의 성향에 따라서 가정의 분위기가 완전히 달라지기 때문이다. 토요휴무제로 아빠들이 가족과 보내는 시간이 예전에 비해 늘었다. 하지만 함께 놀아주는 것만으로는 가정에 근본적인 변화를 불러올 수 없다. 근본적인 변화를 만들려면 아빠의 변화가 필요하다. '아빠교육'은 유대인의 교육에서도 빠질 수 없는 특징이다. 가정을 바꾸고 싶다면 '아빠 독서'만큼 좋은 것도 없다. 책을 펼치는 것만으로 작지만 강력한 변화가 시작된다. 우리 집도 내가 책을 읽은 뒤로 많은 게 달라졌다.

가장 먼저 달라진 것은 거실이다. 거실에서 TV가 종적을 감췄다. 처음부터 '없애자'고 없앤 게 아니다. 책을 읽다 보니 TV와 자연스럽게 멀어졌다. 그런 아빠의 눈에 아이들이 어떻게 보였을까? 틈만 나면 TV 앞에 옹기종기 모여 앉는 모습이 슬슬 걱정되기 시작했다. 어느 날 마음먹고 TV를 치웠다.

　TV가 없어진 자리에 아내는 나를 위해 책장을 선물해 주었다. 지금도 현관문을 열고 들어서면 가장 먼저 책장이 눈에 띈다. 거실 중앙에 놓인 소파에 앉아서 오른쪽으로 눈을 돌리면 5단짜리 웅장한 책장이 벽 전체를 꽉 채우고 있다. 제일 하단에는 영어 교육 관련 서적이 자리를 차지하고 있다. 학원을 시작할 때 구입한 책들인데 주로 영어학습법을 다룬 책이고, 대학생 때부터 봤던 영어책이 섞여 있다. 그 위로 지금의 나를 있게 해준 자기계발서가 자리를 잡고 있다. 이 책들을 통해서 독서의 이유를 알게 되었고, 지금도 마음이 약해질 때는 한 번씩 꺼내보는 중요한 책들이다. 세 번째 칸에는 교육과 심리학 관련 서적이 꽂혀 있다. 이 책들은 가르치는 학생들에게 다가갈 수 있는 다리가 되어준 고마운 책이었고, 덤으로 나는 내 아이들을 이해할 수 있는 마음을 갖게 되었다. 한 칸 더 올라가면 경제와 종교에 관한 책이 진열되어 있다. 부동산과 주식, 그리고 경제 용어를 배울 수 있는 책들이었다. 평생 경제는 나와 무관한 분야로 생각하며 살았는데 읽다 보니 가장에게는 필수적인 도서였음을 배우게 되었다. 제일 윗줄에는 역사 서적이 있다. 역사책은 나에게 세상을 바라보는 새로운 시각을 열어주었다. 나라는 작은 울타리를 벗어나 보다 큰 시각으로 세상을 볼 수 있게 해준 귀한 책이다.

다시 맞은편으로 시선을 옮기면 2단짜리 책장이 놓여 있다. 하단에는 고전이 꽂혀 있다. 인문학 열풍으로 많은 고전이 출간되었지만 아직은 읽기가 버겁다. 이해가 안 되는 내용도 많고, 무엇보다 너무 두꺼워서 늘 부담을 갖고 있는 책들이다. 지금은 한 달에 한 권 이상은 고전을 읽어보려고 노력하고 있다. 그 위에는 문학작품이 늘어서 있다. 소설을 좋아하는 편이 아니어서 장서가 많지 않지만 이 역시 한 달에 한 권씩 읽으려고 노력하고 있다.

침실 옆에도 작은 책장이 놓여 있다. 이곳에는 내가 즐겨보는 중요한 책을 따로 모아 두었다. 특히 이 책장에는 두꺼운 책들이 많은데 뒤에서 소개할 5권의 책은 항상 침실 책장에 꽂아두고 있다. 침대에서는 책을 보기가 쉽지 않기 때문에 침실에도 작은 의자 2개와 티 테이블을 놓았다. 아내와 나는 이곳에서 차를 마시며 자주 책을 읽는다. 독서도 하고 여유도 즐기고 잠도 잘 수 있는 1석 3조의 공간이다.

침실을 빠져나와 식탁으로 옮기면 작은 책장이 하나 놓여 있다. 이 책장은 주제별로 장서를 구분한 곳이다. 같은 주제에 대해서 주장과 생각이 다른 여러 저자의 책을 모아 놓았다.

식탁 위에도 책이 자주 쌓인다. 식탁의 책들은 현재 읽고 있는 책이거나 혹은 최근에 읽은 책들이 대부분이다. 손을 뻗으면 닿을 곳에 책을 두어야 한다는 생각 때문에 식탁을 활용하고 있는데 아내는 그게 못마땅한 모양이다. 여기 책들은 한 달 정도면 대개 완독을 마치고 독서노트를 통해 정리된 후 다시 책꽂이에 들어간다.

아이들 방에 있는 책장을 빼고도 우리 집에는 1천여 권의 책이 살고 있다. 책을 꽂을 공간이 부족해서 책을 앞뒤로 배치했지만 그래도 공간은 부족하기만 하다. 하지만 책이 늘수록 집이 꼭 '책이 있는 카페'나 '서재' 같은 느낌이 나서 마음은 늘 차분해진다.

공간의 변화는 '시간'에도 변화를 주었다. 시간에 쫓기며 살던 내가 시간을 통제하기 시작했다. 서재가 없을 때는 습관적으로 TV 앞에 앉았다. TV를 보다 보면 멍하니 시간을 소비했다. 인기 있는 드라마라도 하는 날이면 하는 일 없이 밤 11시를 훌쩍 넘겼다. 그렇게 잠자리에 들면 하루가 허무했다.

하지만 TV 대신 책을 보면서부터는 잠자리에 들기 전까지 시간이 여유로웠다. 독서 시간만 느는 게 아니라 아내나 자녀와 대화를 나누는 시간도 늘었다. 때로는 〈태양의 후예〉 같은 인기 드라마를 못 본다는 게 서운할 때도 있었지만 참고 넘겼다.

아침 시간도 내 손에 들어오기 시작했다. TV와 함께 살 때는 어머니 방에 잠깐 들렀다가 아침 드라마에 빠져 오전을 몽땅 날릴 때가 많았다. 하지만 책을 만난 뒤로 TV는 더 이상 나를 유혹하지 못했다.

우리는 종종 시간에 허덕이며 살아가게 되는데 이 문제는 공간을 바꾸면서 해결할 수 있다고, 나는 믿는다.

"공간이 나를 만든다"

바닷가에 살던 아내는 항상 바닷가를 갈망한다.

바다를 보면 무거운 마음이 가벼워진다고 한다.

바닷가 없이 자란 나는 바닷가는 그냥 바닷가일 뿐이다.

바다를 본다고 마음이 편안해지지 않는다. 그냥 좋은 감정뿐이다.

공간이 사람을 만들고

공간이 감정을 만들고

공간이 인생을 만든다.

‒04‒

삶의 우선순위가 달라졌다

저녁에 귀가하면 우리는 서로의 얼굴을 마주한다. 얼굴을 보니 기분을 알 수 있었고,
때로는 오늘 하루를 어떻게 보냈는지 말하지 않아도 알 때가 있었다.

〈위대한 유산〉이라는 프로그램이
MBC에서 특집 방송으로 방영된 적이 있다. 어느 의사가 등장하여 두
명의 연예인에게 각각 3개월과 1개월의 시한부 인생을 선고한다. 물론
가상의 설정이다. 못해도 70살까지는 살 수 있으리라 생각했던 출연
자는 예상보다 훨씬 짧은 시간밖에 남지 않았다는 사실에 당황스러워
한다. 그들은 비록 설정이지만 남은 시간 가족과 '진한' 하루하루를
보낸다. 우선순위가 달라지는 순간이다.

스티븐 코비 박사의 〈소중한 것을 먼저 하라〉에는 '긴급성'이라는
패러다임에 따라 행동하느냐 아니면 '중요성'이라는 패러다임에 따라
행동하느냐에 따라 우리가 인생에서 얻는 결과들은 크게 달라진다고
말한다. 대부분의 사람들은 중요성보다는 긴급성의 패러다임으로 살

아가기 때문에 가족과의 시간을 소홀히 한다.

대부분의 아빠들 역시 중요한 일보다는 긴급한 일에 시간을 쓰는 경향이 크다. 지금 당장 하지 않으면 미래가 없다며 가족에게 기다려 줄 것을 요구한다. 내가 하는 일은 모두 자녀와 아내를 위한 일이라며 그들의 마음을 외면하고 주말에도 바깥일을 본다. 물론 지금 하지 않으면 안 되는 긴급한 일이 있다. 하지만 정작 긴급하다고 말하는 그 일은 대개 생각만큼 긴급한 일이 아닌 경우가 많다. '나의 바쁜 마음'이 '긴급성'을 만드는 것임을 알게 될 때는 이미 늦어버리는 경우가 허다하다. '바쁜 일'을 핑계로 밖으로 돌던 아빠는 이제 아내와 자녀의 마음속에서 멀어진다. 그게 우리가 익히 보아왔던 가장들의 말로가 아닌가.

TV가 있던 자리에 책장이 들어서자 나의 삶은 많은 부분 달라졌다. 그 가운데 가장 큰 변화가 가족과의 관계였다.

저녁에 귀가하면 우리는 서로의 얼굴을 마주한다. 얼굴을 보니 기분을 알 수 있었고, 때로는 오늘 하루를 어떻게 보냈는지 말하지 않아도 알 때가 있었다. 대화 역시 자연스러워졌다.

"오늘 하루 어땠어?"

아이들에게 인사 겸 질문을 던지면 막내아들은 눈을 동그랗게 부라리며 학교에서 일어났던 일들을 들려준다. 스튜디오에서 녹음한 자작곡을 유튜브에 올렸는데 오늘 학교 선생님이 친구들에게 들려주었단다. 아빠가 작곡해서 올린 노래보다 자신의 노래가 훨씬 조회 수가 높다며 연방 신이 난 얼굴이다. 말수가 적은 큰아들은 한마디로 표현했다. '만족스러웠어요', '아쉬웠어요', '내일은 좀 더 제대로 살아야겠어요' 형답게 듬직하게 말하며 자신이 그린 그림 한 점을 자랑스럽게 보여준다. 홈스쿨링 이후 그림에 자신감이 붙은 큰 아들은 이제는 자기 그림을 블로그에 올리기도 한다. 우리는 함께 모여 앉아 유튜브의 노래와 영상을 즐기며 이야기꽃을 피운다.

아내와 대화하는 시간도 늘었다. 직장 이야기, 자녀 교육 이야기, 개인적인 고민거리까지 사소한 이야기도 나누고, 개선할 부분은 없는지 찾기도 한다. 예전부터도 각자의 일을 결정하기 전에 서로에게 의견을 묻고는 했지만 책을 읽은 뒤로는 대화 도중에 더 좋은 생각이 많이 떠올라 의견을 나누는 깊이가 달라진 게 변한 점이다.

대화가 깊어지면 자연스럽게 관계의 깊이가 달라진다. 함께하는 일이라면 무슨 일이든 즐거웠다. 그 중 하나가 우리 가족 영화 관람이다. 엔딩크레디트까지 다 본 후 우리는 영화를 놓고 서로 질문을 던지며 이야기를 나눈다.

관계가 돈독해지자 나는 가족과 시간을 보내기 위해 저녁에는 가급적 다른 약속을 잡지 않게 되었다. 책도 소통의 좋은 수단이었다. 나는 아이들에게 내가 읽은 책에 대해서 이야기를 들려주게 되었다. 물론 세대차이를 보여서는 곤란하므로 되도록 아이의 생각을 통제하려고

하지 않았다. 아들러가 〈미움 받을 용기〉에서 '모든 인간관계에서 수직관계를 버리고 서로를 존중해야 한다'고 말한 내용을 내가 용케 기억한 덕분이다.

옛말에 이런 얘기가 있다. "친해지기 전에는 절대 충고하지 마라." 일리 있는 말이다. 친분이 있기 전에는 어떤 말을 해도 받아들여지지 않는다. 가족과의 관계가 변하기 전이었다면 큰아이를 학교에 보내지 말자는 말이 엉뚱하게 들렸을지 모른다. 그러나 관계가 돈독해진 후에는 아빠가 하는 말을 가족이 허투루 여기지 않게 되었다.

가족과 함께 지내는 시간이 많아지다 보니 자녀의 성향을 알게 되었다. 큰아들은 우뇌적 성향이 강하고 미술에 재능을 보였다. 이 아이에게는 좌뇌식 교육 중심의 학교가 어울릴 것 같지 않아서 홈스쿨링을 결정하게 되었다. 반면 막내아들은 좌뇌적 성향이 강하고 다방면에 소질을 보였고, 그래서 사람들에게 항상 칭찬을 받았다. 특히나 음악에 재능이 있어서 지금은 따로 음악 공부를 시키고 있다. 일상적인 교육을 벗어나는 일은 용기가 필요한 일이었지만 다들 아빠의 말을 믿고 따라주었다. 책을 읽기 전의 내 모습이었다면 특히 아내를 설득하지 못했을지 모른다.

이런 모든 변화는, 책이 없었다면 설명하기 힘든 일이다.

머리 굵은 자녀와 대화가 되다니!

나에게 가장 소중한 가족과 집중할 수 있어서 행복했다.
이 모든 것의 시작은 바로 독서였다. 아빠가 책을 읽으면 자녀와의 유대감이 높아진다.

독서가 무슨 대단한 힘이 있을까마는 어느 때부터 나는 자녀와 말을 나누는 경험을 하게 되었다. 한번은 자녀의 교육에 대한 책을 읽게 되었다. 책에서 말하는 '실수하는 아빠'의 모습이 나와 오버랩되었다. 자녀와 마음이 통하지 않는 아빠는 자녀의 겉모습으로 잘잘못을 따지는 경우가 많게 된단다. 평상시에 서로 대화가 없다 보니 "시험 점수는 몇 점 맞았니?" "공부 좀 열심히 해라" "스마트 폰 좀 그만해라" "게임 좀 그만해라"는 아빠의 말에 아이는 마음의 문을 닫아 버린다.

내가 읽은 책에서는 '자녀와 대화를 나누기 위한 방법'이 담겨 있었다. 우선 아빠 자신이 먼저 감정적으로 안정된 상태에 놓여야 한다. 설령 자녀가 잘못된 행동을 보여도 즉각적으로 반응하지 않고 기다릴 수 있는 여유가 필요하다. 다음, 표현방식을 바꿔야 한다. 아빠들은 주로 '왜 대화법'을 사용한다. '너는 왜?'라는 말로 대화의 포문을 연다. 그러면 아이는 방어적인 자세로 돌변한다. 본론이 나오기 전부터 이미 전시 상황이다.

그러던 어느 날 나에게도 시련이 닥쳤다. 아들이 애처로운 눈빛으로 내게 물었다.

"친구들은 '롤'이라는 게임을 모두 하는데 나도 하면 안 돼?"

우리 두 아들은 스마트 폰이 없다. 초등학교 때부터 안 된다고 못을 박아두었다. 컴퓨터 게임도 주중에는 금지였다.

어떻게 해야 할까? 당장 떠오르는 나의 선택지는 두 가지. 하나는 '조건부 OK', 다른 하나는 'No'다. 하지만 나는 책에서 배운 대로 그 자리에서 어떤 답도 하지 않았다. 대신 한 주간 고민해 보겠다고 했다. 일주일이 지나고 아들이 다시 말을 꺼냈다. 난 지난 7일 동안 '롤'에 대한 기사를 검색하여 자료를 모았다. 대부분의 기사내용이 부정적인 면을 지적하고 있었다. 나는 아들에게 아무 말 없이 미리 프린트해 놓은 신문기사를 보여준 뒤 아빠로서의 의견을 '강요'가 아닌 '조언'으로 들려주었다. 아들은 한참을 신문기사를 들여다보더니 최종적으로 '하지 않겠다'고 결정을 내렸다. 나중에 아내에게 들어보니 아들이 깜짝 놀랐단다. 자기 요구사항을 아빠가 잊지 않고 기사까지 찾아가며 고민해준 것이 고마웠다는 말이었다.

물론 이게 끝은 아니었다.

우리 집은 매주 일요일 저녁 9시에 모여 함께 이야기를 나눈다. 이 시간은 주일날 예배시간에 설교말씀을 듣고 느낀 점을 이야기하고 한 주간을 반성하는 시간이다. 요전 날에는 주말 게임시간에 대한 이야기가 화두가 되었다. 정해둔 게임시간은 원래 2시간 이었는데 어느 순간부터 사용시간이 길어졌다. 아이들에게 물어보니 게임 이외에도 유튜브 영상을 보거나 애니메이션을 보느라 시간을 못 지키고 있었다. 더욱 큰 문제는 그런 시간이 길어지면서 정작 해야 할 숙제를 제대로 하지 못하는 경우가 많아진것.

반쯤 이미 화가 오르고 있었지만 책은 이때도 내게 동아줄을 내려주었다. 먼저 서로 의견을 나누게 한 뒤 마음을 차분히 하고 부탁했다.

"게임을 하지 말라는 것도, 애니메이션이나 영상을 보지 말라는 것도 아니다. 자신이 할 일을 먼저 하고 다른 것을 하면 좋겠다."

아이들이 자발적으로 새로운 규칙을 제시했고, 나는 지켜보겠다고 말하고 마무리가 되었다. 물론 나는 아이들이 유혹에 약하다는 것과, 세상에는 마음을 사로잡는 일이 많다는 것도 알고 있다. 대신 나는 책의 지침대로 '성급한 회초리' 보다는 '아빠로서의 신뢰' 를 보여줌으로써 아이들이 유혹에 흔들리지 않고 스스로 우뚝 서는 방법을 택했다. 아무래도 '책' 은 나보다 연배나 경험이 풍부하니까 그들의 말이 맞지 않겠는가. 실제로 1966년에 벌어진 연구결과는 이를 뒷받침한다. 간단히 요약해 보면 이런 내용이다.

'미국 존스홉킨스대학 제임스 콜먼 교수는 학업성취도에 영향을 미치는 것이 '학교 효과' 보다 '학생의 가정환경' 과 '친한 친구의 가정환경' 두 요소라고 발표했다. 가족 간 끈끈한 정서적 유대감이 심리직 안정감을 줘 학업 성취도에 영향을 준다는 말이다. 한국학생 18명의 전교 1등에게서도 '가족 간 끈끈한 유대감' 이 공통적으로 발견됐다. 대상자 18명 모두 "부모와 대화하는 게 어렵거나 꺼려지지 않다"며 "부모님은 항상 믿고 응원해주는 든든한 후원자"라고 입을 모았다. 이들은 부모를 '귀찮은 간섭자' 가 아닌 '고민을 함께 나눌 수 있는 친구' 로 인식했다.'

아빠가 책을 읽으면 자녀와의 유대감이 높아진다. 물론 모든 아빠가 책을 읽는다고 그런 건 아니다. 그러나 스스로 아빠임을 인식하고 독서하는 사람이라면 나는 어떤 아빠도 가능하다고 본다. '왜?' 를 버리고 아이의 감정을 읽어주는 '감정대화법' 등 아빠는 아이와 친해지기 위한 많은 방법을 책에서 배울 수 있다.

06

자녀와의 관계를 다시 세우다

독서를 통해서 먼저 감정의 풍요로움을 느끼면 자녀들도
더 많은 풍요로움을 느끼게 된다.

큰아들이 언젠가 나에게 말했다.

"아빠가 실수할 때는 괜찮고 내가 실수할 때는 왜 비난받아야 해
요?"

좀 더 여유 있게 지켜봐 달라고, 큰아들은 덧붙였다.

뜨끔했다. 내가 아들을 아랫사람 대하듯이 통제하려고 했구나! 물
론 생각해 보면 나도 아빠로서 변명거리가 있었다. 아들이 실수도 없
고, 실패도 없이 인생을 가꿔가기를 바라는 부모의 심정이 아니겠는
가! 하지만 막내아들과의 에피소드를 통해 나는 생각을 바꾸게 되었
다.

막내아들이 어느 날 유튜브에서 비트박스를 보더니 시끄럽게 연습
을 했다. 하루 이틀 하다 말겠지 싶었는데 도무지 그칠 날이 보이질 않

았다. 처음에는 못마땅했다. 잠 잘 시간에도 '푸식푸식 쿵쿵', 밥을 먹을 때도 '뜨-비 뜨-비 쿵쿵', 숙제하면서도 '뚜둥뚜둥 쿵쿵'이었다. 쉬고 싶어서 침대에 누우면 비트박스 소리가 벽을 타고 침입했다. 결국 버럭 화를 내고 말았다.

화를 내는 순간 아차 싶었지만 이미 엎질러진 물. 아들은 몹시 당황스러워했다. 미안한 마음에 아빠가 화를 낸 이유도 설명하고 진지하게 이야기도 나누었다. 얘기를 들어보니 아직 초등학생이지만 아들은 음악에 관심이 많았다. 난 막내아들을 철부지로만 생각했고 내가 통제해야 하는 존재로만, 아니 함부로 대해도 되는 사람으로 생각했다. 좀 더 진지하게 아들을 존중하며 아들의 관심에 귀를 기울여야 했다. 후회가 물밀 듯 올라왔다.

며칠 후 막내아들은 부회장으로 선출되었다. 당선 소감을 전하는 자리에서 아들은 그동안 연습했던 비트박스를 멋지게 선보였다. 선생님과 선배들 그리고 후배들의 박수갈채와 환호가 이어졌다. 그 박수소리는 내게 큰 깨달음을 주었다. 아이는 부모의 뜻을 받드는 사람이 아니라 자기 생각과 방향을 갖고 있는 독립적인 존재로, 다만 부모는 그들이 성장하는 데 도움을 주는 사람일 뿐이구나!

자녀와의 관계를 수직관계나 소유관계로 보지 않고 수평관계, 존중의 관계로 보는 것은 내가 읽었던 많은 책에서 공통적으로 강조하는 내용이었다. 물론 책을 읽지 않아도 이 정도는 누구나 생각할 수 있다.

하지만 '아는 것' 과 '행동하는 것' 은 다른 법이다. 책은 단순히 우리가 '아는 것' 을 알려주는 수단이 아니라 우리가 '아는 것' 과 '행동하는 것' 사이에 보이는 괴리를 지적하며 '앎' 에서 '행위' 로 나아가도록 돌봐준다.

개구리 올챙이 적 생각 못한다는 속담처럼 이미 아빠라는 자리에 오른 사람들은 자녀의 입장을 잘 생각지 못한다. 이를 지적하는 책들도 있는데 대강 이런 내용이었다.

"자녀들은 아빠 엄마를 선택할 기회가 전혀 없다. 태어나보니 엄마 아빠가 있다. 어쩔 수 없이 아빠 엄마의 영향권 아래 놓이게 된다."

나의 어린 시절, 나 역시 부모님을 선택할 수 없는 상황에 대해서 마음이 상했던 적이 있었다. 그런데 이런 생각을 우리 자녀들도 할 수 있겠다는 생각은 잘 못한다. 아니, 솔직히 말하면 한 번도 해본 적이 없다. 그런데 책은 이런 점을 지적해준다.

아직도 기억에 남는 얘기 가운데 하나는 조벽 교수의 이야기다. 그는 모든 사람에게는 인생대본이 있다고 말한다. 인생대본이란 '세뇌가 될 만큼' 자주 들어서 머릿속에 각인되어 있는 자신에 대한 대본이다. 쉽게 포기하는 사람의 머릿속에는 부정적인 인생대본이 있으며 쉽게 포기하지 않는 사람의 머릿속에는 긍정적인 인생대본이 있단다.

자녀를 위계질서 안에서 '아랫사람' 으로 대하고 아빠가 살아왔던 삶의 노하우를 자녀에게 가르치면 자녀의 머릿속에는 나의 것이 아닌 부모의 대본이 담기게 된다. 단순히 부정적인 것이냐 긍정적인 것이냐를 떠나서 내 몸에 맞지 않는 대본으로 자녀는 살아가게 된다. 우리들도 사실 그렇게 자라왔다. 그래서 자기 몸에 맞지 않는 삶을 억지로 살고 있는 것인지 모른다. 이 불편한 유산을 자녀에게 물려주는 것은 옳은 방식이 아닌 듯하다.

자녀를 한 명의 사람으로 바라보는 것은 훈련이 필요하다고 생각한다. 나의 경우는 '아빠 독서'를 통해서 사고를 확장시켜왔다. 독서는 나의 완고한 시선을 유연하게 바꾸어주며 스스로를 객관화해서 보는 힘을 길러준다. 나를 아빠라는 자리에서 잠시 내려오게 하여 다시 그 자리로 오를 수 있도록 관점을 변경시켜준다. 그 눈으로 자녀를 보면 이제 자녀는 더 이상 '내가 먹여 살리니까 내 말을 들어야 하는 수동적 존재'가 아니다.

≡07≡

아빠가 된다는 것

아빠독서를 통해서 얻어지는 것은 사고의 확장이다.
나만 보이는 것에 주변이 보여 진다.

아빠가 된다는 건 어떤 의미일까? 내 삶의 기준으로 아이를 재단하는 것이 아니라 아이의 특성에 맞게 아이를 기르는 일이 아닐까?

아들들과 롯데리아에 갔을 때 일이다. 마침 창가에 붙어 있는 매장 광고가 눈에 띄었다. 교실에 여러 명의 학생들이 밝게 웃으며 책상에 앉아 둘러 있는데 그 위에 아이들 수만큼의 햄버거가 놓여 있는 사진이었다. 함께 전단을 보던 큰아들이 말했다.

"아빠, 저 햄버거 그냥 복사해서 붙여넣기 한 거야."

'그렇구나' 하고 넘어갈 만한 얘기였다. 그런데 아들이 그렇게 생각한 이유가 궁금했다. 이유를 물었다.

"햄버거에 작은 점이 하나 있는데 그 점의 위치가 모두 같아. 그리고 책상에 놓여 있는 각도가 실제와 달라."

막내아들과 나는 깜짝 놀랐다. 똑같은 전단지였지만 큰아이의 눈에는 내가 보지 못한 게 보였나 보다. 영화를 볼 때도, 옷이나 신발을 고를 때도 큰아들은 세밀한 특징을 자주 발견했다. 무심코 지나칠 법한 작은 차이를 관찰하는 아이였다. 가만 생각해 보면 어릴 때부터 그런 기질이 보였다. 그림책을 읽어주면 이야기나 글자보다 그림에 눈이 갔다. 질문하는 말도 그림과 관련된 내용이었다. 3~4살 때는 자신이 본 책 속의 캐릭터를 똑같이 그렸다. 조립장난감을 사주면 3~4시간씩 꼼짝하지 않은 채 조각을 맞춰갔다. 그때는 다만 '집중력이 뛰어나다'고 생각했을 뿐이었다.

하지만 큰아들은 커가면서 공부와 학교생활에 문제가 있어 보였다. 아이들은 내가 운영하는 영어학원에 다니게 했는데 하필 내가 가르치는 반에 배정되어 아빠인 나에게 영어를 배우게 되었다. 그런데 단어 암기 수준이 다른 학생들보다 상당히 늦었다. 심지어 2살 어린 동생보다 못 따라왔다. 무조건 암기하는 일은 큰아이에게 힘든 일이었다. 새로운 자극이 없으니 지루했던 모양이다. 수업시간에도 집중력이 떨어지는 모습을 많이 보였다. 한참 설명을 하다가 바라보면 멍한 표정이었다. 금방 설명한 내용도 잘 기억하지 못했다. 그림은 3~4시간씩 집중하며 그리는데 수업은 왜 지루한 것일까? 내성적이다 보니 자기표현도 적었다. 친구들과 갈등이 생길 때도 혼자서 끙끙거리는 경우가 많았다. 심지어 자신을 툭툭 치는 친구들에게 '하지 말라'는 말조차 못했다. 친구나 부모에게 가장 좋은 모습을 보이려고만 했다. 자신을 보호하기 보다는 상대방의 감정이 상하지 않을까 고민했다. 싫은 소리를 절대 들어서는 안 된다고 생각하는 아이였다.

처음에는 이런 아들을 강하게 다루었다. 힘들다고 눈물을 보일 때도 단어를 다 외울 때까지 집에 보내지 않은 적도 많았다. 수업시간에 집중이 흐트러지면 다른 아이들 앞에서 고함을 치며 화를 내기도 했다. 이런 행동이 반복되다보니 '머리가 나쁘다, 어눌하다'고 결론을 내리게 되었다. 아빠 눈에는 아이의 모든 행동이 문제로 보였다. 이 아이에게는 미래가 없어 보였다. 공부는 힘들다고 생각했다.

그러던 차에 우연히 다니엘 핑크의 〈새로운 미래가 온다〉를 읽게 되었다. 이 책을 읽으며 좌뇌형 인간과 우뇌형 인간이 있음을 알게 되었다. 큰아들은 좌뇌식 사고보다는 우뇌적 사고에 가까운 유형이었다. 좌뇌형은 자신에게 필요한 정보만을 추구하며 사물을 보지만 우뇌형은 분위기를 느끼고 감정을 중시하며 사물을 보는 스타일이었다. 이 때문에 분석이 힘들었고, 아무 연관 없이 반복적으로 외우는 일이 힘들었다. 자신에게 관심사에만 눈길을 주는 게 이 아이의 특성이었던 셈이다.

다행히 아이의 이런 성향을 먼저 발견한 것은 아내였다.

"지금 이대로 학교에 다니면 자리만 채우는 학생이 될 것 같아."

아내가, 좌뇌식 교육을 지향하는 학교에서 매번 혼나는 천덕꾸러기가 될지도 모른다고 덧붙였다.

이런 저런 이야기 끝에 큰아이를 학교에 보내지 말고 아빠가 독서 교육을 시켜보면 어떻겠느냐고 대안을 꺼냈다. 마침 독서를 통해 아빠가 많이 바뀌어가고 있음을 실감하던 아내는 너무나도 기뻐했다.

우리는 역할을 분담하기로 했다. 독서와 경험은 내가 책임을 지고, 검정고시나 학교 교과과정, 삶에 필요한 여러 가지 일은 아내가 책임지기로 한 것이다. 하지만 이것은 단지 부모인 우리들의 선택일 뿐, 가장 중요한 것은 아들의 의중이었다.

아들에게 의견을 전하고 함께 고민하는 시간을 가졌다. 그 시간이 6개월은 넘게 걸렸던 것 같다. 주변에서 걱정의 목소리가 터졌다. 사회성에 문제가 있을 거라며 만류하는 사람들이 많았다. 여러 사람들의 의견을 들으며 아들의 생각도 갈팡질팡했다.

그러나 사회성에 대한 아내의 의견은 단호했다. '친구'를 같은 또래의 집단으로 한정지을 필요는 없다는 생각이었다. 아들이 만나는 모든 연령의 사람들이 친구가 될 수 있다! 또래 친구에게 어중간한 영향을 받느니 차라리 영향을 받지 않는 게 더 나을 수 있다는 말도 아내는 덧붙였다.

"명나라의 이지(李贄)라는 사상가도 스승과 벗을 같은 존재로 보고 스승으로 섬길 수 있는 자여야 벗으로 삼을 수 있다고 했어."

나 역시 주변에 아들의 홈스쿨링에 대한 의견을 구하고 있었다. 마침 나의 제자들 중에 '홈스쿨링 경험이 있는 친구'를 둔 아이가 있었다. 들어보니 중학교를 홈스쿨링으로 마치고 고등학교에 들어온 친구가 있다며 '공부도 잘하고 친구관계도 아주 좋다'고 증언해 주었다. 또 다른 제자도 '고등학교 친구 중에 중학교를 홈스쿨링한 친구가 있는데 영어도 잘하고 재능도 많고 성숙한 사고방식이 멋있다'고 거들었다.

직접 확인하고 싶었다. 제자들이 다리를 놓아 '중학교 홈스쿨링 유경험자'를 만날 수 있었다. 나는 아들을 데리고 나가서 함께 저녁을 먹으며 홈스쿨 경험담을 들었다. 그리고 우리 가족은 여러 의견을 종합한 끝에 큰아이의 홈스쿨링을 결정했다.

≈08≈

아이의 변화

큰 아들은 좌뇌식 사고보다는 우뇌적 사고를 하고 있었다.
다행히 아들의 장점을 먼저 발견한 엄마가 미술 재능을 키워주고 있다.

독서의 여러 효과 가운데 내가 믿어 의
심치 않는 것은 '책은 인내심을 길러준다' 는 사실이다. 남의 이야기를
여러 시간 일방적으로 들어야 하기 때문에 독서는 무엇보다 '나의 기
준, 나의 생각' 을 내려놓게 만든다. 나 역시 내 생각을 잠시 내려놓고
상대의 이야기를 듣는 귀가 그 사이 많이 커졌다. 아빠의 귀가 커졌다
는 사실은 중요한 것 같다. '무조건 내 말대로 해!' 라는 권위적인 생각
이 사라지고 모든 걸 책상 위에 올려놓고 바라보며 여유 있게, 합리적
으로 문제의 해결책을 찾을 수 있게 되었으니까.

우리는 홈스쿨링을 할 때 발생할 수 있는 많은 경우의 수를 생각해
보았다. 그중에 하나는 막내아들이었다. 막내아들은 매일 아침 8시에
일어나 등교해야 했기에 형이 늦게까지 쿨쿨 자고 있는 모습을 보면

짜증이 날 것 같았다. 더욱이 초등학교 5학년에 다니는 막내는 어릴 때부터 모든 것을 형과 함께했다. 학교도 같이 가고 학원도 같이 다녔다. 형의 홈스쿨링이 시작되면 동생은 이제 혼자 학교에 가야 한다.

다행히 막내아들은 형의 홈스쿨링을 동의해 주었다. 하지만 조건을 달았다. 자신이 학교에 가는 그 시간에 형도 일어나서 어딘가에 나가야 한다는 것이다. 다행히 나는 지난 3년간 아침 9시부터 12시까지 커피숍에서 책을 읽는 것이 습관이 되어 있었기에 나와 함께 하루를 시작하면 아무 문제가 되지 않을 것 같았다.

처음에는 큰아들이 일어나는 시간을 지키지 못하는 일이 많았지만 차츰 습관이 들어 아침에는 커피숍에서 보냈다. 오전 9시는 1교시가 시작되는 시간이었다. 모든 게 낯선 큰 아이에게 9시 커피숍의 1교시는 적응하기 힘든 일이었다. 잠이 덜 깬 얼굴로 앉아 있다가 오전 내내 아무것도 못하고 자는 경우가 많았다.

'독서를 하라'고 말하면 자신이 좋아하는 책이 아니라며 한두 페이지 읽다가 덮어버리고 말았다. 미술 학원을 다니기는 했지만 스스로 그림을 그리지도 않았다. 그나마 그림을 그리다가도 마음에 들지 않는다며 찢어버리는 경우도 흔했다. 기타에도 관심이 보여 기타학원에 보냈더니 이마저도 진도가 더뎠다. 어느 것 하나 제대로 하는 것이 전혀 없었다.

독서의 힘을 믿고 시작한 홈스쿨링인데 아이는 책도 싫고, 그림에도 무덤덤 해졌다. 불안했다. 우리의 선택이 잘한 것인지 의문이 들었다.

그러다 "어썸피플"이라는 카페를 알게 되었다. 〈일독일행〉의 유근용 작가가 이 카페의 운영사였나. "어썸피플"은 오프라인 독서모임으로 유명했다. 혹시 그곳에 참석하면 큰아들이 독서에 관심을 갖지 않을까 싶었다.

마침 유근용 작가의 "독서노트와 플래너" 강연회 소식을 접했다. 아침 10시 강남 근처에서 시작되는 모임이었다. 아침 7시, 아들들과 함께 광주발 서울행 기차에 올랐다. 아이들이 피곤해 하며 힘들어하지 않을까 걱정했는데 KTX를 타는 재미에 신이 나 있었다. 용산 역에 9시에 도착했지만 강남까지 가는데 지하철로 1시간이 걸렸다. 장소에 도착해 보니 이미 많은 분들이 자리를 차지하고 있었다. 강연이 시작되었고, 우리는 그날 가장 먼 곳에서 참석했다는 이유로 유근용 저자에게 책을 선물받기도 했다. 2시간의 강연을 마치고 유근용 저자의 사인도 받고 함께 사진도 찍었다. 근처에서 점심을 먹고 1시부터 3시까지에 있는 독서모임에도 참여했다. 그날 독서모임은 사유리의 〈눈물을 닦고〉를 읽고 만나는 자리였다. 나는 책을 읽었지만 아이들이 모르는 책이라서 지루해할 것 같아 걱정스러웠지만 다행히 참석자들이 아이들에게 관심을 갖고 먼저 질문을 던져주며 참여를 유도해 주었다. 그날 모임을 모두 마치고 나오면서 아이들의 반응이 궁금했다. 아들들

날마다 독서노트를 기록해야 습관이 되는데 책을 하루 만에 읽는 경우가 많지 않아서 기록하는 습관을 들이는 것이 여간 어렵지 않았다.

은 독서모임이 너무 좋았다면서 계속 참석하고 싶다고 말했다. 돌아오는 길에 아이들은 식당이나 KTX 객실에서 책을 들여다보기 시작했다.

그날 이후 아들들이 달라졌다. 스스로 책을 읽고 독서노트까지 만들어 정리하기 시작했다. 홈스쿨링을 하는 큰아들은 오전시간에 책을 읽기 시작했다. 내가 '읽어라 마라' 할 필요가 없어졌다. 아들이 보고 느끼게 되니 자발적으로 책을 집어들었다.

하지만 좋은 시절은 오래 가지 못했다. 아이는 다시 책을 지루해했다. 하지만 내가 할 수 있는 게 무엇인가. 아빠는 실망하지 않는다. 아이가 이러는 것은 당연한 것이다. 다시 자극이 필요한 시간이 된 것뿐이다!

우연한 기회에 김미경 강사의 강연회 소식을 접했다. 아들에게 익숙하지 않은 분이지만 또 다른 자극의 기회가 될 것이라는 확신이 생겼다. 강연회는 평일 오전 11시에 강남 근처에 열렸다. 아침 일찍 기차를 탔다. 강연장은 200명 이상이 앉을 수 있는 제법 큰 규모였다. 우리는 제일 오른쪽 맨 앞자리 좌석에 앉았다. 김미경 강사를 지근거리에서 볼 수 있는 자리였다. TV로만 만났던 김미경 강사는 특유의 입담을 자랑하며 강연을 열었다.

"혹시 이 자리에 중학생 있어요? 있으면 손 한번 들어보세요!"

아무도 손을 들지 않자 이렇게 덧붙였다.

"이 시간에 중학생이 있으면 그 녀석은 자퇴생 이겠지요?"

그러자 옆에 있던 아들이 손을 번쩍 들었다. 깜짝 놀란 김미경 강사가 아들을 보고 강단에서 내려왔다. 아들에게 다가와 질문을 던졌다. 김미경 강사는 기특하다며 5만 원 상품권과 1만원을 얹어주며 광주 돌아가면서 햄버거를 사먹으라고 했다.

돌아오는 길에 아들이 말했다.

"강연 내용은 뭔지 잘 모르겠지만 지금처럼 살아서는 안 되겠다는 생각이 들었어."

집으로 돌아온 아들은 다시 책을 읽기 시작했다. 이제는 내가 보던 책 말고 자신만 보는 책을 구입해 달라고 요구했다. 내 책은 이미 형광펜으로 밑줄이 그어져 있었기 때문에 자신의 책에 형광펜으로 밑줄을 그으며 열심히 읽고 싶다는 얘기였다. 오전에 독서하는 시간이 늘었다. 중간에 그치지 않고 완성하는 그림도 많아졌다. 기타도 계속 배우면서 칠 수 있는 노래가 하나둘씩 늘었다. 게다가 학원성적도 많이 좋아졌다. 예전에 보였던 그 집중력이 되살아났고, 독서 근력도 제법 붙었다. 요즈음은 역사와 경제에 관심을 갖고 독서를 이어가고 있다.

카피라이터이자 〈책은 도끼다〉, 〈여덟 단어〉의 저자인 박웅현 씨에게는 박연이라는 딸이 있는데 그녀는 19살에 〈인문학으로 콩갈다〉라는 책을 출간했고, 현재는 미국 콜롬비아대학에서 학업에 열중이다. 9살의 아들과 10살의 딸을 대학에 입학시킨 〈엄마의 힘〉의 저자 진경혜 씨도 책으로 자녀를 가르쳤다. 이적과 함께 아들 삼형제를 모두 서울대학교에 보낸 박혜란 저자도 자신이 먼저 공부하는 모습, 독서하는 모습을 보여줌으로써 아들이 스스로 공부할 수 있도록 이끌었단다.

물론 '엄마 독서'도 다를 것 없다고 생각하지만 나는 아빠이므로 '아빠 독서'를 말하고 싶다. '아빠 독서'는 아빠의 인생만 바꾸는 게 아니라 가정의 분위기를 비롯하여 자녀의 교육에도 지대한 영향을 끼친다고 믿는다.

홈스쿨링을 시작한 것은 아들을 좋은 대학을 보내기 위함이 아니다. 내 아이가 다른 아이보다 뛰어나서도 아니다. 단지 남과 다른 자신만의 능력을 발견하면 좋겠다는 생각으로 시작한 일이었다. 독서를 통해서 자기만의 생긱을 갖고 자기에게 믿는 속도로 행복을 향해 걸어갈 수 있는 길을 찾아주고 싶었다.

독서를 하는 것은 '특권' 을 갖는 것이다. 특권이란, 지금 결정하고 도전하는 특별한 사람에게만 주어진 권리이다. 이제 우리가 이 특별한 권리를 나눌 때다. 아빠 독서가 나를 바꾸고, 더불어 자녀를 바라보는 아빠의 시각도 바꾸고, 교육에 대한 시각에도 변화를 준다. 내 자녀의 미래는 학교나 학원에서 책임지질 않는다. 그러기 위해서는 아빠부터 책과 가까워져야 한다.

'책을 읽어서 뭐가 좋을까? 책값 아깝다고, 그 시간에 돈 벌어야 하지 않겠는가라고 생각하는 사람' 만일 그렇게 생각 한다면 아무런 변화도 이끌어내지 못할 것이다.

책을 읽으면 아빠가 먼저 성장한다

"아빠, 키 몇이야?"

아들이 중학생이 되더니 매일 아침 아빠와 키를 쟀다. 내 키를 넘어서던 날, 아들은 기쁨을 감추지 못했다. 사춘기 남자 아이에게 아빠는 산과 같은 존재였을 텐데 이제 아빠를 따라 잡았으니 어른이 된 것마냥 기쁨이 차고 넘쳤으리라. 아빠인 나도 아들의 성장을 대견스럽게 바라보며 축하해주었다.

성장은 누구에게든 행복의 원동력이다. 하지만 육체적 성장만이 성장의 전부는 아니다. 인생에는 내적 성장이 필요하다. 내적 성장이야말로 진정한 나의 행복, 나의 기쁨이 된다.

10대에게 성장은 육체적 성장과 함께 대학 진학이라는 목표가 주어진다. 20대는 사회적 성장을 도모하는 시기다. 30대는 결혼한 사람으로서 가정을 지키기 위한 성장이 목표가 된다. 이 모든 것은 외적 성장에 불과하다. 외적 성장을 위해서 살아오던 어느 날 갑자기 내적 갈증이 찾아온다. 무력감과 우울함이 우리를 엄습한다. 지금까지 살아온 방식으로는 절대 해결이 불가능한 일이다. 내적 성장을 위해서는 머리부터 달라져야 한다.

독서는 생각을 바꿔줄 수 있는 가장 값싸고 효과적인 방법이었다. 과거에는 글을 읽는다는 것이 생각을 일깨우는 수단일 뿐 아니라 높은 자리로 올라가는 수단이기도 했다. 조선시대 사대부에게 글공부는 신분을 유지할 수 있는 중요한 토대가 되었다. 그래서 세종대왕의 한글 창제는 사대부들에게 환영받지 못했던 것이다. 모든 사람들이 글을 알고 책을 읽고 생각의 힘을 키우는 순간 신분 질서가 무너지고 사회가 혼란에 빠진다고 여겼기 때문이다. 글의 힘은 강하다.

오늘날 우리나라의 문맹률은 바닥 수준으로 낮아졌다. 책을 접할 수 있는 최소한의 기회가 우리에게 주어졌다. 하지만 불행하게도 책 읽는 사람은 많지 않다. 책을 읽지 않는다는 말은 지금의 삶에 의심을 품지 않는다는 뜻이다. 의문이 없고 질문이 없으면 나의 삶은 변화가 없다. 책이 넘쳐나는 이 시대에 책보다 재미있는 것이 너무나도 많아 스스로 책읽기를 포기한 시대가 되고 있다. 이는 변화의 의지를 져버린 것이다. 생각의 힘을 포기한 것이다. 남의 생각대로 남이 말하는 대로 살겠다고 선택하는 꼴이다.

"독서는 정신적으로 충실한 사람을 만든다. 사색은 사려 깊은 사람을 만든다. 그리고 논술은 확실한 사람을 만든다."라고 벤저민 프랭클린은 말했다. 독서를 통해서 사고하는 힘을 키웠다면 그 다음으로 가슴이 살아 움직여야 진정한 성장이 이루어진다. 신영복 선생은 세상에서 가장 거리가 먼 여행은 머리에서 가슴으로의 여행이라고 했다. 알기만 하고 느끼지 못하는 사람이 많다는 뜻이다. 가슴이 따뜻해야 내적 성장이 완성되어 참 행복을 느낄 수 있다는 말이다.

그 행복에는 '나'만 살고 있는 게 아니라 '타인'도 함께 살고 있는 건 아닐까? 고대 이집트에서는 행복은 '아우트 이브'라고 불렀다. 문자 그대로의 의미는 '심장의 넓이'다. 심장의 크기로 행복을 가늠한다는 말이다. 심장이 크면 담을 수 있는 마음도 커지고 마음이 커지면 비교하지 않게 되면서 내 존재만으로 만족하며 행복해진다. 〈닥터 도티의 삶을 바꾸는 마술가게〉에서 신경외과인 저자는 자신이 쥐고 있는 것을 다른 사람을 위해 포기하는 것, 그리고 나의 것을 필요로 하는 이에게 전달하는 것을 '연민'이라고 말하고 있다. 이 연민을 인간의 가장 타고난 본능이라고 말하면서, 그는 '가장 친절하고 가장 협력적인 존재가 살아남는다'고 주장한다. 심장이 크면 남을 이해하는 넓이가 달라진다는 것이다. 독서를 통해 심장의 넓이를 키우면 남을 바라보는 나의 시선이 달라지고 내 심장의 온도가 상승한다. 고민이 연민이 되는 순간이 바로 머리에서 가슴으로의 여행이다.

신영복 선생님이 말하는 중요한 여행에는 한 가지가 더 있다. 그것은 가슴에서 발로의 여행이다. 고민과 연민은 내적으로 요동쳐서 행동으로 이끄는 것이다. 지식이 아무리 차고 넘쳐도 마음을 표현하지 못하고 전달하지 못하고 행동하지 못하면 조선시대 사대부처럼 몰락을 위한 당쟁으로 치닫게 된다. 삶 이전에 비판과 판단이 끝나면 잘 벼려진 생각의 칼에 모두가 상처를 입고 만다. 그러므로 진짜 지식은 내 안의 것이 나의 삶으로 표현되는 지식이다.

많은 선인들이 실천 없는 독서를 경계했다. 다산 정약용 선생은 한 권의 책을 읽고 백성이 행복해질 수 있는 실천적인 방법을 찾아내지 못한다면 그것은 독서가 아니라고 단언했다. 공자는 그의 수제자 안회를 '호학자'로 치켜세웠다. 안회는 배우기를 좋아하고 노여움을 남에게 옮기지 않았고 잘못을 두 번 저지르지 않았기 때문이다. 그리고 무엇보다 안회는 배운 것을 철저하게 몸소 실천한 인물이었다.

독서가 나의 머리에서 가슴으로, 가슴에서 발로 뻗어 나가야 진정한 독서가 완성된다. 머리나 입에 머무르면 말만 많은 사람이 되고 만다. 가슴에만 머무르면 감정적인 사람으로 남게 된다. 머리에서 가슴으로, 가슴에서 발로 확장될 때 비로소 독서는 나의 인생이 되고 삶이 된다. 나아가 나의 문화가 되고, 가정의 문화가 되며, 사회의 문화가 된다. 세상 사람들이 당연하게 생각하는 문화나 남의 말만 따라가는 문화가 아닌 서로를 존중하는 평등적인 사회를 만들어진다. 사전을 살펴보면 문화는 사상, 의상, 언어, 종교, 의례, 법이나 도덕 등의 규범, 가치관과 같은 것들을 포괄하는 "사회 전반의 생활양식"이라 정의된다. 조금 달리 말해 상식이 통용되는 자연스런 생의 방식이다. 누구나 자기 생각이나 마음, 감정을 비폭력적인 예술 형태로 표현할 수 있는 공간이다. 문화는 소비의 공간이기 전에 창조의 공간이다. 독서는 신이 우리 안에 심어 놓은 창의성이 자연스럽게 드러나는 것이다.

그러므로 독서는 나의 생각을 자극하고 나의 심장에 불을 붙이고 나의 발을 움직이게 하는 좋은 노래와 시 같다. 우리가 가진 고민에 대신 질문을 던져주고 좋은 답을 찾을 수 있도록 길을 열어준다. 독서는 읽는 사람으로 하여금 지금의 자리를 더욱 빛내는 사람이 되게 한다. 아빠가 책을 읽으면 아빠다움이 자라고 부부다움이 성숙하고 자녀다움이 커진다. 아빠의 성장은 자녀의 성장이요, 자녀의 성장은 다음 세대의 성장임을 잊지 말자.

[어머니를 위한 노래]

"감사해요 그 사랑!"

항상 주는 것을 당연하게 생각하는 따뜻한 그 사랑
자신의 행복보다 자녀의 그림자로 헌신의 그 사랑

한 여자로 살기보다 어머니로 사신 희생의 그 사랑
자신을 아프게 한 남편까지도 간호하는 연민의 그 사랑
자녀의 아픔까지 함께해 주시는 위로의 그 사랑

많은 갈등과 외로움 속에서도

어머니의 자리를 지켜주심 감사해요

많은 고통과 가난함 속에서도

포기 않고 끝까지 사랑해 주심 감사해요

많은 염려와 두려움 속에서도

자신의 행복보다 자녀의 행복을

신앙으로 저희를 키우시고

기도의 배경 되어 주심을 감사해요

당신의 그 사랑으로 지금의 우리 가정이 있음을 마음에 새겨요

감사해요. 어머니의 그 사랑

https://youtu.be/xaktWkBxvJw

"감사해요 그 사랑" 노래를 들으실 수 있습니다.

독서는 나의 생각을 자극하고
나의 심장에 불을 붙이고 나의 발을 움직이게 하는
좋은 노래와 시 같다.

어떻게 준비해야
⟨아빠 독서⟩인가?

책과 친해지기 위한
독서환경 만들기

10

4가지 독서환경을 만들자

독서 관련 책을 읽다보면 자연스럽게 독서 의욕이 생긴다. 독서가 왜 좋은지 스스로
알게 되면서 남이 시키지 않아도 독서를 계속하게 된다.

자녀 교육을 논할 때 빠지지 않는 사람은
아마 맹자 어머니일 것이다. "맹모삼천지교"라는 말이 지금도 회자되
고 있으니 말이다. 그녀는 자녀의 교육을 위해서 세 번이나 삶의 터전
을 옮겼다. 그녀가 이사를 간 이유는 환경이 사람에게 끼치는 영향의
무서움을 알았기 때문. 사람은 환경 적응의 동물이므로 평소 보고 듣
고 만지는 게 그 사람의 성격이나 성향에도 큰 영향을 주는 것 같다.
독서도 마찬가지이다. 독서는 4가지 조건의 영향을 받는다는 게 내 생
각이다. 첫째는 장소, 둘째는 시간, 셋째는 소유, 넷째는 동기부여다.

먼저 장소와 시간이 정해져야 한다. 뒤에 다시 설명하겠지만 일정
한 시간과 장소는 독서습관에서 핵심 중에 핵심이다.

셋째 조건도 중요하다. 책 구입비가 아까운 사람들을 본 적이 있다.

하지만 처음 책을 접할 때는 빌리지 말고 구입하는 게 좋은 것 같다. 쉽게 얻은 것은 쉽게 버리기 마련. 공짜로 얻은 것은 귀하게 여겨지지 않는다. 독서 습관을 위해서는 투자부터 시작해야 한다. 투자라고 말하면 추가로 지출해야 된다고 여긴다. 새롭게 지출을 늘리지 말고 기존의 지출을 줄여서 투자하면 좋다. 예를 들면 술값이나 담뱃값을 줄여서 자금을 확보한다. 투자가 있어야 이익이 따르는 법이다.

소유가 독서를 돕는다는 생각은 아들에게서도 확인할 수 있었다. 처음에는 내가 읽은 책을 아들에게 권했는데 아이는 자기만의 책을 요구했다. 새 책을 사주었더니 애착을 가지고 열심히 잘 읽는다. 책은 소유가 먼저인 것 같다. 다만 매월 일정금액의 독서구입예산을 세우는 게 '지속가능한 독서 계획'을 짜는 데 꼭 필요한 것 같다.

넷째 조건도 중요하다. 동기부여다. 이 문제는 어떤 책을 먼저 읽을 것인가로 귀결된다. 결론부터 말하자면 세상에 가치 없는 책은 없다. 나를 성장시키고 나의 생각을 자극하는 책은 모두 '양서'다.

세상을 살아가면서
만나는 사람들은 모두 다른 장르의 '책'이다.
각자에게 주어진 인생의 작가로서 이야기를
써 내려가고 있는 것이다. 나는 그 '책'을 읽기 위해
노력하고 자세히 살펴보려고 한다. 이 세상에

쓸모없는 책이 없는 것처럼 사람도 마찬가지다.

– 전승환, 〈나에게 고맙다〉 중에서

전승환 작가의 생각처럼 쓸모없는 책은 없다. 모두가 가치 있는 책들이다.

이 세상에는 문학, 역사, 철학, 경제, 건강, 자기계발 등 여러 종류의 책들이 있다. 문학은 나의 감성을 자극하고 역사는 나의 삶과 시대를 조명해 주고 철학은 나의 생각을 깨어 있게 하고 자기계발은 나를 행동하게 했다. 경제는 돈이 무엇인지 경제흐름을 보게 해 주었고 건강은 잘못된 생활습관을 고치도록 도와주었다. 어떤 책을 읽어야 할지 주위사람들에게 물어보면 의견이 천차만별이다. 이 책은 좋고 저 책은 안 좋다고 말한다. 수준 있는 책이 있고 수준 없는 책이 있다고 말한다. 애들이 보는 책이 있고 어른이 보는 책이 있다고 말한다.

하지만 책의 수준을 논하기 전에 우리는 우리의 수준부터 논해야 한다. 난 한 달 뒤에도 책을 읽고 있을까?

만일 이런 문제부터 생각한다면 베스트셀러와 책 읽기 관련 서적이 출발점으로 좋다는 것을 알게 될 것이다.

처음 책을 고를 때는 사람들이 많이 보는 책을 선택하자. 우리는 이런 책을 스테디셀러 혹은 베스트셀러라고 부른다. 유명한 서적을 읽으면 사람들과 쉽게 공감대가 형성되어 주변에서 지속적인 자극을 받을 수 있게 된다. 한편 베스트셀러로 독서를 시작해도 중도에 그치는 경우도 많이 보았다. 독서에 대한 동기부여가 지속되지 않기 때문이다. 그래서 베스트셀러와 함께 자기계발서인 독서 관련 서적을 읽는 게 좋다. 이 책에는 독서를 통해서 인생이 바뀌고 성공한 이들의 이야기기 많이 담겨 있다. 독서 관련 책을 읽다보면 자연스럽게 독서 의욕이 생긴다. 독서가 왜 좋은지 스스로 알게 되면서 남이 시키지 않아도 독서를 계속하게 된다.

02

어디서 읽을까?

나는 처음 독서를 시작할 때 집에서 했다. 그것도 아이들 공부방에서 시작했다.
하지만 내 방이 아니다 보니 아이들이 오면 쫓겨나곤 했다.

공간이 사람을 만든다. 넓은 평야지대
거주자의 삶과, 산악지대에 사는 사람들의 삶에는 분명한 차이가 있
다. 에스키모 인들에게는 눈(snow)에 해당되는 단어가 15개다. 하지
만 눈을 본 적이 없는 아프리카 원주민들에게는 눈이라는 단어 자체가
없다. 나를 둘러싼 공간은 내 행동에 지대한 영향을 끼친다.

〈어떻게 읽을 것인가〉라는 책에 이런 글이 있다.

"심리학자 토드 해서톤과 페트리샤 니콜스의 연구에 따르면 인생에
서 성공적인 변화를 이끌었던 사람들의 무려 36%가 새로운 장소로 이
동한 것과 관련이 있었다. 게다가 변화를 위해서 새로운 장소로 이동
했음에도 실패했던 확률은 13%에 불과했다. 성공적인 변화를 위해서
적절한 장소를 활용한다면 열 명 중 아홉 명은 변화를 성공할 수 있다

는 말이다."

독서도 마찬가지이다. 독서에 집중할 수 있는 자신만의 공간이 필요하다. 어떤 이는 소음이 전혀 없는 조용한 도서관을 선호하고 어떤 이는 백색소음이 있는 카페를 선호한다. 또 집을 선호하는 사람도 있고, 같은 집이라도 의자가 딸린 책상이 편한 사람이 있는가 하면 앉은뱅이책상이 좋은 사람도 있다. 어떤 공간이든 상관없다. 자신이 독서하기에 가장 편한 곳이 최적의 독서공간이다.

나는 처음 독서를 시작할 때 집에서 했다. 그것도 아이들 공부방에서 시작했다. 하지만 내 방이 아니다 보니 아이들이 오면 쫓겨나곤 했다. 침대 곁에서 읽을 요량으로 작은 접이식 책상을 구입했다. 배색을 고려해 하얀색의 직사각형 책상을 골랐는데 공간을 효율적으로 활용할 수 있는 장점이 있었다. 작고 예쁜 스탠드도 구입했다. 저녁에 책을 읽을 때 아내가 잠을 자는 데 피해를 주지 않기 위해 구입한 것이다.

이렇게 누울 자리를 만들고 독서 다리를 뻗었다. 하지만 5분도 채우지 못한 채 방바닥에 벌러덩 누워버리거나 조금 쉬었다 하자는 생각으로 침대에 잠깐 누워 있다는 게 그만 잠이 들어버리는 일이 속출했다. 집은 내게 너무 편안한 공간이었다. 예전에는 잠자고 밥 먹는 하숙생 신세 같을 때가 있었는데 그게 아니었다. 최소한 내게 집은 세상에서 가장 아늑한 공간이었다.

그러던 어느 날 오전, 아내의 손님들이 집을 방문했다. 집에 있기가 어색해서 집을 나섰다. 갈 곳이 없어 우연히 집 앞에 있는 카페에 들렀다. 커피 값 4,000~5,000원은 내겐 비싼 음료여서 평소에는 내키지 않던 곳이다. 그러나 이 날은 갈 곳이 없어 부득불 발을 들여놓게 되었다. 커피는 따뜻했고, 음악은 잔잔했다. 창밖으로 자동차가 스쳐 지나갔다. 어느 누구의 시선도 닿지 않는 구석진 곳에 자리를 잡았다. 오전이어서 그런지 카페는 한산했다. 책을 펼쳤다.

이럴 수가!

1시간이 지나도 활자에 집중하고 있는 내 모습을 발견했을 때 나는 깜짝 놀라고 말았다. 집에서는 단 5분을 넘기기도 힘들었는데 어떻게 1시간이 지났을까? 신세계였다. 가능성의 발견이었다. 유레카!

불과 몇 시간 전까지만 해도 나는 원래 독서가 안 되는 사람이라고 생각하고 있었다. 습관이 잡히지 않은 수많은 사람 중 한 명이라고 철석같이 믿고 있었다. 그러나 카페라는 새로운 공간은 독서 초보를 훌륭한 독서가로 탈바꿈 시켜주었다.

백색소음을 활용하자

왜 집에서는 독서가 잘 안되는데 카페에서는 독서가 잘된 것일까?

집은 언제든지 눕고 쉴 수 있는 편한 공간이었다. 푹신한 침대가 나를 끊임없이 유혹했다. 그 유혹은 너무나도 달콤해서 쉽게 벗어날 수가 없었다. 하지만 카페는 누워 있을 수 없다. 다른 사람의 시선도 의식된다. 이 모든 것이 내게 긴장감을 주었다. 그리고 음악이 흘러나온다. 나는 이전까지 쥐 죽은 듯 조용한 곳에서 공부하고 책을 읽어야 집중이 잘 된다고 믿고 있었다. 그런데 배경음악 같은 잔잔한 음악소리가 오히려 집중에 도움을 주는 깃 같았다.

2012년 3월 발표된 미국 시카고대의 소비자 연구저널은 50~70데시벨(dB)의 소음은 완벽한 정적보다 집중력과 창의력을 향상시킨다는 연구 결과를 내놨다. 또 한국산업심리학회 연구 결과에 따르면 정적 상태보다 백색소음을 들을 때 집중력은 47.7%, 기억력은 9.6% 향상하고 스트레스는 27.1% 감소시키는 한편, 동일한 학습 성과를 올리는 데 필요한 시간을 13.6% 단축시키는 효과도 있단다.

백색소음이라는 단어는 들어봤지만 '뭔 잠꼬대 같은 소리'라고 여기고 있던 내게, 카페의 백색소음은 놀라운 발견이었다. 찾아보니 백색소음에 대한 나의 편견을 깨주는 내용이 많았다.

예컨대 백색소음은 태아가 뱃속에서 즐겨 듣던 소리의 일종이라 잠을 잘 이루지 못하는 영유아에게 들려주면 수면을 유도하는 효과도 생길 수 있다고 한다.

공간에 대해서는 여러 가지 테스트가 필요할 것 같다. 공간을 단순히 벽으로 둘러쳐진 물리적 공간만으로 이해하지 말고, 소리나 냄새, 온도, 아늑함, 긴장감, 불편함과 같이 심리에 영향을 끼치는 항목으로 이해하면 접근이 용이할 것 같다.

나는 우연한 기회에 나만의 독서공간을 찾았다. 지금 글을 쓰는 이 순간에도 카페에 앉아 있다. 카페에 오면 나의 모든 신경세포는 자동으로 독서모드로 전환된다. 커피 향과 아늑한 의자, 옆 자리 앉은 사람들의 대화 소리, 스피커를 통해 공간 전체로 퍼지는 음악소리는 나에게 '독서하기 딱 좋은 시간'이라는 암시를 주는 것 같다. 집이든 카페든 도서관이든 상관없다. 자신에게 최적화된 독서공간은 반드시 있다고 믿는다.

언제 읽지?

운동 후 맑은 정신으로 책을 보니 예전에 비해 책이 잘 읽혔다. 물론 아침에
일찍 일어나는 것은 쉽지 않은 도전이었지만 말이다.

〈인성이 실력이다〉에서 조 벽 교수는
사람들의 시간 활용이 과거와 많이 달라졌다고 말하고 있다. 신문 읽
기 30분, 책 읽기 23분, 라디오 청취 1시간 1분, 태블릿PC 사용 1시간
28분, 노트북 사용 1시간 50분, 스마트 폰 사용 1시간 57분, TV 시청
은 3시간 9분으로 우리는 매일 총 10시간 18분 동안 미디어에 노출되
고 있다는 얘기다. 잠자는 시간을 빼고 보면 거의 절대적인 시간이다.

미디어 노출 10시간의 의미는 그 속을 뜯어보면 더욱 심각하다. 미
디어 노출의 대부분은 '영상' 노출인데 영상은 우리 뇌를 수동적으로
만들어 '사고작용'을 억제하는 효과가 있다. 해석을 거치지 않은 각종
이미지들이 홍수처럼 우리 뇌세포를 수장시키는 셈이다. 또한 영상에
한번 길들여지면 우리 뇌는 자꾸 영상을 소비하고 싶어진다. 의도했든

하지 않았든 영상은 우리 의식을 지배하는 주인이 된다.

　TV를 없앤 것은 그런 이유도 있었던 것 같다. 자꾸만 손짓하는 TV로부터 벗어나서 독서 시간을 확보하려면 영상에 노출되는 시간을 줄이는 게 유일한 해결책처럼 보였다.

　처음에 나의 독서시간은 저녁 11시 이후였다. 이 시간은 일과를 모두 마치고 귀가한 뒤였다. 자녀들과 아내가 어머니 방에 모여 TV를 보고 있을 때 난 굳은 결심 하나로 세상 모든 유혹을 뿌리친 채 침실에 처박혀 책을 읽었다. 식구들이 한자리에 모여 즐거운 한때를 보낼 때도 나는 침대 옆에 놓인 작은 접이식 책상에 쪼그리고 앉아 스탠드로 형설지공하며 한 글자씩 활자를 읽었다. 그렇게 자정까지 독서를 시도했지만 지루함은 견디기 힘든 일이었다. 거실을 오락가락 하기도 하고 침대에 몸을 뉘어 보기도 하고 까르르 웃으며 TV를 보는 아이들을 보고 올 때도 있었다. 잠깐만 환기시키자고 독서 테이블을 벗어난 시간을 계산해 보면 독서시간은 채 30분도 안 된 것 같다. 또한 독서한답시고 그나마 대화할 시간도 없애버린 탓에 뜻하지 않게 가족 내부의 갈등을 키우기도 했다.

　여러 모로 퇴근 후 늦은 독서는 한계가 있었다. 다른 시간이 필요했다. 아침시간으로 변경했다. 잠을 늦게 자기 때문에 아침형 인간이 되기란 여간 힘든 일이 아니었다. 평소라면 등교를 위해 아이들을 깨우려고 8시에 잠깐 일어났다가 다시 침대 속으로 기어들곤 했다. 강사라는 직업을 가진 사람이라면 아침잠은 누구에게든 빼앗기고 싶지 않은 달콤한 유혹이었다. 하지만 아무리 찾아보아도 여유 있는 시간은 오전 밖에 없었다. 부득불 아침에 일찍 일어나 책을 펼쳤다. 막상 책을 읽으려고 책상 앞에 앉으면 눈꺼풀이 스르르 감겼다. 곁에서 단잠을 자고 있는 아내를 보다 보면 부러운 마음이 들어 잠깐 옆에 눕는다는 게 그만 오전 시간을 홀랑 날려버리는 경우가 많았다. 실패의 나날이었다. 다른 시간을 찾아볼까 고민했지만 아무리 생각해도 오전 외에는 시간을 찾을 수 없었다. 아이들은 학교에 있고, 아내는 꿈나라에 있으니 누구의 방해도 받지 않는 조용한 시간이 아닌가. 내 일과를 생각하면 이 시간만큼 독서하기에는 좋은 시간이 없었다. 어떻게 해서든지 이 시간을 독서시간 으로 활용해야 했다.

일단 자리에서 일어나면 운동기구에 올라 잠부터 깨려고 했다. 워킹머신에 올랐다. 5분 정도 걸었는데 온몸에 땀이 났다. 시원한 물에 샤워를 하고 나니 정신이 번쩍 들었다. 운동 후 맑은 정신으로 책을 보니 예전에 비해 책이 잘 읽혔다. 물론 아침에 일찍 일어나는 것은 쉽지 않은 도전 이었지만 말이다.

그러다 나만의 독서공간인 카페를 발견하고 난 후 이제는 알람이 울리자마자 무조건 카페로 출근했다. 10시부터 12시까지는 카페에서 책을 읽기로 마음을 단단히 먹은 것이다. 불과 며칠 전만 해도 1시간 책 읽기도 어려웠는데 어느 샌가 2시간을 홀쩍 넘기며 책을 읽고 있었다. 아침에 눈을 뜨면 책을 읽을 수 있다는 기대감으로 몸이 한결 가벼워 지기까지 했다. 나중에는 카페에 출근하는 시간을 당기고 싶었다. 지금은 9시부터 12시까지 책을 읽는다. 습관은 참 무서운 것이다. 이제는 몸이 그 시간을 기억한 덕분에 아침에 일어나는 일도 쉬워졌다.

독서를 위한 공간과 시간의 확보는 습관을 들이기 위한 첫 단추라고 생각한다. 몸은 정해진 시간과 공간을 기억하는 습성이 있다. 보통 작심삼일이 실패하는 이유는, 의지를 발휘하는 데 한계가 있기 때문인데 습관으로 만들어놓으면 더 이상 의지를 발휘할 필요도 없게 된다. 몸이 그 환경에 적응하게 되고, 뇌가 책을 읽을 준비를 마치게 된다.

≡04≡

책값을 아끼지 마라

분야도 따로 없었다. 잡식성 동물처럼 이것저것 무조건 구입해서 읽었다.
그렇게 책을 구입하다보니 월 평균 30여만 원의 돈을 책값으로 썼다.

세 번째 독서 환경은 심리적인 것과 연관이 깊다. 바로 '책값'이다.

책값은 일종의 수업료라고 생각하는 편이 좋다. 돈을 내고 수강 신청을 하면 아무래도 돈이 아까워 억지로라도 강의를 들으러 가는 것과 흡사하다.

만일 당신이 독서초보라면 책을 빌려서 읽은 것보다 구입해서 읽는 것을 권한다. 물론 독서량이 늘면 책값이 부담스러우니 조건부로 '구입 독서'를 권한다. 일단은 독서습관이 들 때까지는 사서 읽자.

독서초보는 의지도 부족하고 속도도 느리다. 자신이 원할 때 읽고 자신의 속도로 읽어야 되는데 빌려서 읽게 되면 책을 읽지 못할 가능성이 커진다. 완독 실패가 반복되면 뇌는 실패를 인식하게 되고 스스

책을 구입하는 방법은 서점에서 구입하는 것과 인터넷 서점에서 구입하는 두 가지 방법이 있다. 나는 구입할 책이 생기면 주로 인터넷 서점에서 구입했다.

로를 의지박약으로 몰고 간다. '나는 독서와 맞지 않아' 라고 성급하게 결론을 내리게 된다.

또한 빌린 책은 깨끗하게 읽어야 한다는 단점도 있다. 독서초보는 눈으로만 쫓아서 읽으면 집중력이 떨어진다. 좋은 문장에 표시를 해가며 읽어야 그나마 집중을 유지할 수 있다. 물론 사람마다 달라서 책은 깨끗이 보아야 한다고 믿는 분들도 있다. 자연 과학자 최재천 교수도 책을 접거나 구기지 않도록 조심한다고 말한다. 책에 줄을 긋고 여기저기 필기하는 것을 정말 싫어한다고 말한다. 하지만 독서습관을 들이는 데 물불 가릴 처지가 아니다. 아무런 시도도 하지 않으면 우리는 1

년에 1~2권 읽을까 말까 한 독서초보다. 꼭 필기를 하고 밑줄을 그으라는 얘기는 아니다. 뭔가 시도해 보자는 말이다. 시도하려면? 내 책이면 좋지 않겠는가.

책은 오프라인 서짐에서 구입하는 것과 인디넷 매장을 이용하는 두 가지 방법이 있다. 나는 구입할 책이 생기면 주로 인터넷 서점을 이용했다. 책속에서 '다른 책'을 소개해주면 꼭 읽어야 할 것 같은 의무감이 생겨서 곧장 인터넷에 접속해 책을 구입했다. 분야도 따로 없었다. 잡식성 동물처럼 이것저것 무조건 구입해서 읽었다. 그렇게 책을 구입하다보니 월 평균 30여만 원의 돈을 책값으로 썼다. 여기에 매일 카페에 들러 5,000원짜리 커피를 마셨기 때문에 도서 관련 투자비는 매월 40만원꼴이었다. 아내가 알면 벼락 맞을 일이었다.

당시는 도서정가제가 시행되기 전이었기 때문에 30만원이면 15~20권의 책을 구입할 수 있었다. 그렇게 구입한 책 중에 과연 몇 권을 읽었을까? 어림잡아 3~4권이 고작이었다. 그럼 나머지 책은? 바로 책장 속으로 들어갔다. 비효율적인 것 같지만 이때 구입된 책은 나중에 읽을 일이 생겼다.

주위 사람들은 이런 나를 이해하지 못했다. 그들은 '아내가 뭐라고 하지 않느냐?' '걸리는 날에는 쫓겨날 것'이라며 나를 안타까운 눈초리로 바라보았다. 그래서 처음엔 들키지 않기 위해서 자동차 트렁크에 종이 박스를 만들어 책을 숨겼다. 대신 읽을 책 몇 권만 들고 다녔다.

하지만 트렁크에 박스가 늘면서 더 이상 감출 공간이 부족했다. 그러다 마침 수원에 사는 누님이 추석 때 시댁에 가야 한다며 차를 빌려달라고 부탁해왔다. 거절할 수 없어서 트렁크를 치우고 열쇠를 넘겨주었는데 딱 그때 아내에게 들켰다. 아내는 박스에 담긴 책을 보더니 기겁을 했다. 화가 난 아내에게 '앞으로는 더 이상 책을 사지 않겠다.' 고는 했지만 이제 와서 독서를 그만둘 수 없었다. 목마르면 물은 마셔야 하고 배고프면 밥을 먹어야 한다. 책을 구입하는 것은 내 인생의 갈증을 해소시키는 유일한 길이었다.

책을 구입한다는 말은 책을 읽고야 말겠다는 의지의 표명이다. "약한 사람은 결정을 내리기전에 의심하고 강한 사람은 결정을 내린 후에 의심한다."(카를 크라우스)는 말이 있다. 일단 구입 결정을 하고 고민은 나중에 하자. 돈이 투입된 곳에 마음이 있다.

05

아빠 독서의 출발점 : 독서 관련 책부터 읽어라

한편 베스트셀러 읽기는 시대에 뒤처지지 않고 있다는 자신감도 준다.
책은 지금의 시대와 생각을 반영한다.

독서를 시작할 때 주변에 책을 읽는 사람이 거의 없었다. 그나마 큰누님이나 막내누님이 독서가였는데 권해 주는 책이 거의 대부분 인문, 고전, 소설이어서 나에겐 너무 어려웠다. 게다가 그 당시 난 소설을 그렇게 좋아하는 편이 아니었다. 그러던 차에 우연히 〈독서 천재가 된 홍대리〉라는 책을 알게 되었다. 홍대리라는 주인공이 나오는 소설 형식의 글이었는데 주된 내용이 독서 동기부여였다. 내가 찾던 책이었다. 나와 같은 독서초보 들에게 이보다 더 좋은 책이 어디 있겠는가. 소설을 즐겨읽지는 못했지만 구성이 단순해서 어렵지 않았다.

기억에 남는 내용을 정리해 보면 대략 이렇다.

- 독서에 3단계가 있다. 자기분야에 관한 책 100권 이상을 읽는 프로 리딩, 1년에 365권의 자기계발 독서를 통해서 성공한 사람의 사고방식을 갖춘 슈퍼 리딩, 인문고전 독서를 통해 리더가 되는 그레이트 리딩이 그것이다. (그 당시 나는 영어학원을 운영하기 위해서 영어학습법과 관련된 책을 이미 200여 권을 읽었기 때문에 내심 안심이 되었다. '난 프로 리딩이구나.' 이게 은근 힘이 되었다.)

- 독서습관을 잡기 위해서는 100일 동안 33권의 책을 읽어야 한다. (이것은 1주일에 2~3권의 책을 읽으라는 말이었다.) 이를 위해서는 하루 3시간을 투자해야 하고, 읽을 책을 한꺼번에 33권을 구입하라고 말한다. (이 책을 다 읽자마자 뒷부분에 소개된 도서목록을 보고 책을 구입했다.)

- 특정 분야에 깊이 파고 들어가는 것을 T형 독서법이라고 하고, 서로 다른 분야가 이어지고 연결되는 것을 H형 독서법, 그리고 주제 몇 가지가 섞이면 X형 독서가 완성된다고 말하고 있다.

- 책의 저자들을 직접 만나 조언을 들으라.

- 진정 뇌를 바꾸는 독서는 1년에 365권 읽기다. (책 속의 가상 인물인 홍대리는 결국 1년 동안 365권의 책을 완독한다. 사실 홍대리라는 인물은 정회일이라는 현재 영어학원 원장이자 〈읽어야 산다〉의 저자였다. 실제로 그는 책을 통해서 자신을 극복하고 학원을 세우고 책을 쓴 저자가 되었다.)

저자의 조언을 그대로 실천하지는 못했지만 몇 가지 점에서 나의 독서법에 영향을 끼친 건 사실이다.

　나는 독서를 통해서 변화된 성공 증인들의 이야기를 더 듣고 싶었다. 그래서 선택한 책이 〈독서불패〉이다. 이 책에는 독서로 성공한 10명의 실존 인물을 소개하며 그들이 어떤 책을 이렇게 얼마나 읽었는지 상세히 기록하고 있다. 백독백습(100번 읽고 100번 쓰는 독서법), 즉 라이프니츠 독서법으로 불리는 이 방법으로 성공한 세종대왕, 전쟁 속에서도 책에서 손을 놓지 않았던 나폴레옹, 〈워싱턴 전기〉를 읽으며 대통령의 꿈을 품었고 〈성경〉을 읽으며 꿈을 성취한 링컨, 유배 생활에서도 500여 권의 책을 남긴 정약용, 도서관을 통째로 읽은 에디슨, '감성의 독서, 영감의 독서'로 유명한 헬렌 켈러, 나이 많아 책을 읽지 못할 때 '노적'을 선발해 곁에서 책을 읽게 한 모택동, 죽음의 위기 속에서도 책을 놓지 않은 김대중 대통령, 독서경영으로 이랜드를 성장시킨 박성수 사장, 강간과 성적학대의 상처를 극복한 오프라 윈프리까지.

　이 책을 통해 독서가 인생을 변화시킨다는 사실을 더욱 실감하고 확신하게 되었다. 하지만 나에게 또 다른 의심이 생겼다. '이분들이 살았던 시대와 지금 내가 사는 시대는 너무 다르지 않은가? 정말 책이 오늘날에도 성공요인이 될 수 있을까?' 나중에 보니 〈아웃라이어〉의 말콤 그래드웰도 노력과 함께 시대적, 지역적 이점이 성공을 결정짓는 요인이라고 설명했다.

　그래서 지금 내가 살고 있는 이 시대에 독서를 통해서 진짜 인생 역전한 분들을 만나고 싶었다. 기자, 학자, 교수와 같이 원래 글을 잘 쓰는 사람이어서 성공한 게 아니라 나와 똑같이 평범한 사람이었는데 인생이 바뀌고 성공한 사람들이 있는지 확인하고 싶었다. 이러한 고민을 하던 차에 실제 독서로 성공한 분들의 책을 우연히 알게 되었다.

  - 초등 교사였던 이지성 작가《꿈꾸는 다락방》
  - 삼성 직원이었던 김병완 작가《48분 기적의 독서법》
  - 평범한 안경사였던 박상배 작가《본깨적》
  - 체육과 출신이었던 강건 작가《독서의 힘》
  - 간호사였던 임원화 작가《하루 10분 독서의 힘》
  - 폭주족이었던 유근용 작가《일독일행》

아직은 누구나 알아볼 수 있는 유명한 분들은 아니지만, 독서를 통해서 인생의 노선이 달라진 분들이다. 내가 걷고 있는 이 길에서 벗어나 내가 가본 적 없던 다른 길을 열어주는 것이 독서임을 확인하는 순간이었다.

그 이후에도 독서관련 책을 꾸준히 읽었다. 그 책만 따로 추려도 얼추 100권에 이른다. 새로운 내용은 거의 없다. 하지만 독서 근육이 없던 나에게 책을 꾸준히 읽을 수 있는 힘을 주는 데 이 책만큼 좋은 것도 없었다. "책 한번 읽어볼까?"라는 식으로 접근한 독서는 절대 나를 변화시키지 못한다. 책을 읽어야 할 분명한 이유가 내 안에 각인되어야 한다.

독서환경을 만들기 위한 넷째 조건은 '동기부여'였다. 그래서 '독서 관련 책'을 읽고 말한 것인데 한 가지 첨부할 게 있다. 베스트셀러도 '동기부여'에 직간접 영향이 있다.

베스트셀러부터 읽는 게 좋을까?

독서 관련 책으로 독서근육을 어느 정도 키웠다면 이제는 다른 책을 읽어볼 때가 되었다. 준비운동이 끝나면 이제는 필드에 나가야 한다. 두렵지만 일단 뛰어들어 보자. 어떤 책을 읽어야 할까? 누구나 공감이 되는 가벼운 책이 좋다. 베스트셀러다.

베스트셀러는 많이 팔린 책이라는 뜻이기도 하지만 많은 사람들이 알고 있는 책이라는 의미도 된다. 내가 읽은 책을 다른 사람들도 알고 있다는 말이다. 전문가들은 베스트셀러가 꼭 좋은 책은 아니라고 말하지만 베스트셀러를 통해서 사람들의 관심사를 읽을 수 있다.

베스트셀러를 읽게 되면 여러 가지 장점이 있다. 많은 사람이 읽어본 책이기 때문에 자연스럽게 책에 대한 대화가 가능하다. 나만 읽은 책은 소통의 수단이 되기 어렵다. 하지만 베스트셀러는 설령 상대가 읽지 않았더라도 들어본 적이 있을 가능성이 크기 때문에 대화의 소재로 그만이다. 책을 소재로 대화를 나눠보면 알겠지만 이건 독서행위에 큰 자극이 된다.

한편 베스트셀러 읽기는 시대에 뒤처지지 않고 있다는 자신감도 준다. 책은 지금의 시대와 생각을 반영한다. 김난도 교수님의 〈아프니까 청춘이다〉는 한때 청년들의 아픔을 위로하며 책과 멀었던 사람들도 서점으로 인도하는 역할을 했다.

또한 종합 베스트셀러 목록에는 분야가 망라되어 있기 때문에 다양한 장르의 책을 접하는 장점도 있다. 심리학, 철학, 경제, 정치, 에세이, 소설 등 서로 다른 스타일의 책을 만날 수 있으므로 나에게 맞는 장르를 찾는 데도 도움이 되고 장르 편식을 피할 수도 있다. 나는 소설을 별로 좋아하지 않았다. 하지만 최근에 맨부커상을 수상한 채식주의자가 베스트셀러가 되면서 어떤 내용인지 왜 상을 받았는지 궁금해서 구입하게 되었다.

아빠가 독서하면 뇌가 움직인다
– 생각하고 사고한다

독서를 하면 사고의 능력이 생기는 것은 당연한 결과다. 하지만 책을 읽을 때만 사고력이 작동하는 것은 아니다. 독서를 통해서 성장한 사고력은 내가 보고 듣는 모든 것을 생각의 재료로 삼게 한다. 나는 영화를 무척 좋아한다. 그래서 가족과 함께 거의 매주 영화를 본다. 독서를 하면서 영화를 보는 눈이 달라지는 것을 많이 느꼈다.

요전 날에는 〈우아한 거짓말〉이라는 영화를 보았다. 영화에는 두 딸과 엄마가 주인공으로 등장한다. 그 가족은 넉넉하지는 않지만 서로를 의지하며 열심히 살아가고 있었다. 두 딸은 학생으로서 엄마는 가장으로서 자신의 자리를 지키며 열심히 일한다. 막내딸은 엄마가 힘들게 고생하는 것도 알고 엄마의 직장일을 거들어 줄 정도로 한없이 착한 딸이다. 그런데 어느 날 막내딸이 자살을 한다. 엄마와 큰딸은 혼란에 빠진다. 유서도 없는 죽음이기에 그 혼란은 더욱 깊어만 갔다. 어느 날 실 뭉치에서 막내딸의 유서가 발견되면서 딸이 자살한 이유가 왕따였음을 알게 된다. 언니는 동생 친구들을 하나둘씩 만나면서 왕따의 주범을 찾아 나선다.

영화를 보고 아내는 영화가 너무 아쉽다고 했다. '왕따'의 피해자들이 겪는 고통을 적나라하게 보여주면서 보는 이가 왕따의 심각성을 느끼도록 했어야 했다는 것이다. 가볍게 던지는 한마디의 말이나 작은 행동이 누군가에게는 큰 상처가 되기도 하고 극단적인 행동을 하도록 만들 수도 있기 때문에 아내의 말이 틀린 말은 아니었다. 하지만 영화는 집단 따돌림 피해자의 고통에 초점 맞춘 게 아니었고 가해자의 악랄함을 보여주는 것 또한 아니었다. 왕따를 당한 친구가 죽음과 같은 극단적인 선택만큼은 피하도록 해보자는 메시지를 전하고 있었다. 주변의 무관심이 소외받고 있는 학생을 죽음으로 몰고 갔음을 영화는 말하고 있었다. 언니는 동생이 예전부터 자신의 고통을 조금씩 표현하고 있었다는 사실을 조금씩 알아가게 된다. 다만 엄마와 언니는 자기 일에 너무 바빠서 막내딸의 심리상태를 헤아릴 틈이 없었다. 큰딸의 친구 동생도 죽은 동생의 왕따 사건과 관련이 있었다. 인상 깊은 장면은 큰 언니가 친구의 동생을 추궁하며 몰아세우는 장면이었다. 영화는 그 친구가 자신의 동생을 적극적으로 옹호하고 언니로서 동생을 대변하며 보호하는 모습을 보여준다. 그 장면은 왕따 피해자 언니가 스스로 목숨을 끊은 동생에게 무관심했던 모습과 대조되었다. 만일 서로에게 조금만 관심을 가졌다면 어떠했을까?

우리의 가정은 어떠한가? 직접적으로 고통의 신호를 보내지 않는다고 해서 다 행복한 것은 아니다. 각자의 역할에만 충실하다고 다 행복한 것은 아니다. 행복한 것처럼 보일 뿐이다. 이것이야말로 우아한 거짓말이다.

날마다 아침 일찍 일어나 학교나 회사에 지각하지 않는다고 모두 고민이 없거나 마음에 괴로움이 없는 것은 아니다. "지금 당장 우리 주변을 다시 한 번 잘 살펴봐 주세요. 지금 자녀의 작은 변화에 관심을 가지세요."라고 영화는 말하고 있었다.

영화감독의 메시지가 보이기 시작한 것은 독서를 하면서 생겨난 놀라운 변화였다. 예전에는 아내가 영화에 대해서 평가를 해주는 편이었다. 영화에서 메시지를 찾아내는 아내가 매번 신기했었다. 그랬던 내가 감독의 의도를 운운하며 이야기를 끄집어내기 시작했다. 단순한 재미가 아니라 맥락을 파악하기 시작한 것이다. 독서가 나에게 새로운 세계의 문을 열어주었다.

[아들을 위한 노래]

"행복하면 좋겠어! 아들아!"

난 네가 지금부터 평생 행복하면 좋겠어
난 네가 매일매일 계속 즐거우면 좋겠어

행복은 그냥 얻어진 게 아니란다.

행복은 준비된 자에게만 다가온단다

공부하면서 네 능력을 발견하여 사용하는 법을 배워라

관계 속에서 사랑으로 이해하는 리더 되는 법을 배워라

난 네가 지금부터 평생 행복하면 좋겠어

난 네가 매일매일 계속 즐거우면 좋겠어

난 네가 모든 일에 항상 감사하면 좋겠어

난 네가 주위의 모두를 사랑하면 좋겠어

행복은 그냥 얻어진 게 아니란다.

행복은 도전하는 자에게만 다가온단다

여행하면서 네 자신의 좁은 시야를 넓게 열어라

운동하면서 네 자신의 한계를 뛰어 넘어라

독서하면서 생각하는 즐거움에 눈을 열어라

묵상하면서 네 마음의 참된 평안을 느껴 보아라

네 평생 살아가며 만날 좌절과 절망 속에서

희망과 믿음과 용기를 절대로 잊지 말아라

네 평생 살아가며 만날 인간관계 속에서

사랑과 헌신과 용서를 절대 잊지 말아라

아들아 너의 모든 상황 속에서

아들아 모든 것을 발판으로 삼아라

네 꿈을 평생 절대 잊지 말아라

https://youtu.be/Gy3_Gd3urTO

"행복하면 좋겠어 아들아" 노래를 들으실 수 있습니다.

독서를 통해서 성장한 사고력은
내가 보고 듣는 모든 것을 생각의 재료로 삼는다.

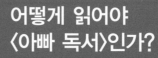

어떻게 읽어야
〈아빠 독서〉인가?

책 중독자가 되기 위한
좌뇌식 정독
습관 만들기

01

속독을 권하는 책들을 경계하라

조금 오래 걸리더라도 한 권을 끝까지 읽는 것이 중요하다. 일회성 독서가 아니라
지속적 독서를 위해서는 '날마다 조금씩'으로 시작하자.

매일 다니던 익숙한 길이 있다. 동네 슈
퍼 가는 길도 그렇고, 등하교와 출퇴근을 위해 오가는 길도 그렇다. 그
길가에는 크고 작은 간판이 늘어서 있다. 그 길을 오래 다녔던 사람에
게 어떤 간판이 있었는지 물으면 대답할 수 있는 사람이 얼마나 될까?
날마다 걸어 다닌 길이지만 쉽게 답을 하는 사람은 드물 것이다. 그냥
보기만 했기 때문이다. 의미를 부여하지 않고 생각 없이 그 길을 스쳐
지나쳤기 때문이다. 반면에 낯선 길을 갈 때 우리는 어떠한 태도를 취
하는가? 주위를 꼼꼼히 관찰하고 걸어온 길을 기억하려고 애를 쓴다.
간판이든 특정 건물이든 길을 잃지 않기 위해 사물을 눈에 소중히 담
으며 발걸음을 옮긴다.

낯선 곳을 여행하듯 책을 읽는 것이 '정독'이다. 나에게 독서는 낯

선 곳에 가는 것과 같았다. 그래서 한 글자 한 글자 꼼꼼히 읽어야 했다. 읽은 것을 기억하려고 노력해야만 나중에도 생각이 떠올랐다.

"한 가지 책을 찬찬히 읽어서 그 의미를 모두 깨달아 다 통달하여 의심스러운 곳이 없어진 뒤에아 비로소 다른 책을 읽어야 할 것이고, 많은 것을 읽기 탐내어 얻기만을 힘쓰고 바쁘고 분주하게 물을 건너고 사냥하듯 해서는 안 된다."

율곡 이이 선생도 격몽요결 4장에서 정독을 말하고 있다.

하지만 서점에 가면 1년에 100권 읽기, 1년에 365권 읽기, 1년에 1000권 읽기처럼 다독을 권하는 책들이 많다. 물론 다독은 취미 독서에서 성장 독서로 도약할 수 있는 중요한 전략이라고 생각한다. 습관을 들이기 위해서는 목표 독서량을 설정하여 집중적으로 독서하는 것은 매우 중요하다. 목표 자체가 동기부여가 되기 때문이다. 하지만 독서초보인 나에게는 '주어진 기간 안에 몇 권의 책을 읽는 방식' 자체가 너무나도 힘이 들었다. 1권을 읽는 데 한 달이 걸렸기 때문에 이러한 목표들은 나에게 또 다른 좌절감을 안겨주었다.

아내는 한 단어 한 단어를 또박또박 읽고 있는 나의 모습을 보고는 대놓고 면박을 주기도 했다. 비중이 낮은 부분은 빨리 넘어가면 되는데 왜 그렇게 불필요한 부분까지 열심히 읽고 있느냐, 필자의 의도만 파악하고 넘어가면 많은 책을 빨리 읽을 수 있다는 얘기다. 하지만 말이 쉽지 나에게는 중요한 문장과 덜 중요한 문장을 구분할 능력이 없었다. 그냥 한 문장 한 문장 성실하게 빼놓지 않고 열심히 읽었다. 심지어 다음 문장으로 넘어가면 방금 전 문장이 기억나지 않아서 다시 읽어야 하는 경우가 다반사였다. 그래서 나의 목표는 하루에 1권 읽기기 될 수 없었다.

공부는 엉덩이로 한다고 하던가? 천천히 꼼꼼히 읽게 되니 집중력이 생기고 엉덩이를 붙이는 시간도 길어졌다. 책의 내용도 이해되기 시작했다. 오랜 시간 앉아 있는 게 너무 힘들어서 5분 단위로 물을 마시기도 하고 음악을 들으며 읽기도 했으며, 누워도 보고 서서 읽어 보기도 했다. 그렇게 발버둥을 쳐도 책을 읽는 시간은 10분을 넘길 수가 없었다. 남들이 쉽다고 하는 자기계발서도 완독하는데 너무나도 오랜 시간이 걸렸다. 심지어 한 권의 책을 읽기가 지루해서 여러 권의 책을 동시에 읽기도 했다.

이런 나를 위로해주는 사람은 없었다. '괜찮다, 곧 좋아질 거다' 라며 응원해 주는 이도 없었다. 언제쯤 독서 속도가 빨라질까 조바심이 생겼다. 언제쯤 하루에 한 권을 읽을 수 있을까 걱정스러웠다. 여러 권을 동시에 읽는 방법이 좋은 것인지 확신이 서지 않았다. 아무런 변화가 없는 시간이 흘러갔다. 6개월이 지났을까? 어느 순간 앉아 있는 시간도 늘고, 독서 속도도 빨라졌다. 누가 가르쳐주지도 않았는데 자연스럽게 주요문장을 찾을 수 있었다. 내용이 머리에 들어오기 시작했다.

"과유불급"

'지나치면 부족한 만 못하다' 라는 말이다. 남들이 말하는 독서속도를 따라가다가 지쳐서 독서를 포기하느니 차라리 느리더라도 자신만의 속도를 따라가는 것이 디 좋다. 조금 오래 걸리더리도 한 권을 끝끼지 읽는 것이 중요하다. 일회성 독서가 아니라 지속적 독서를 위해서는 '날마다 조금씩'으로 시작하자. 내 속도를 기준으로 삼아 며칠이 걸리든 한 권부터 정복하자. 이상적인 목표는 그 다음에 세우면 된다. 몇 권 읽기가 중요한 게 아니라 얼마나 오랫동안 꾸준히 읽느냐가 더 중요하다.

02

정독 습관 만들기 ①
책 읽는 방법 3가지

독서법은 순서가 있는 것은 아니다. 다양한 책 읽기는 나의 독서성향을
파악할 수 있도록 도와주고, 독서 편식을 막는 좋은 방법이다.

　　　　　　　나는 3가지 방법으로 책을 읽었다. 다양
한 책 읽기, 저자별 책 읽기, 주제별 책 읽기가 그것이다. 처음에는 손
에 잡히는 책은 무조건 읽었다. 책에서 소개하는 책이 있으면 무조건
구입했다. 그래서 철학이든 심리학이든 역사책이든 교육책이든 가리
지 않고 거의 모든 종류의 책을 읽었다. 다양한 책읽기를 했던 이유는
나에게 어떤 책이 맞는지 몰랐기 때문이다. 이때는 장르에 대한 편견
을 버리는 게 중요했다. 어떤 책을 읽든 내게 도움이 된다는 마음으로
접했다.

　자기계발서를 읽으면서는 힘을 얻었다. 나도 모르게 나를 짓누르던
부정적인 시각들이 긍정적이고 의미 있는 메시지로 바뀌면서 나에게
용기가 되었다. 역사책을 읽으면 내가 몰랐던 지식이 생겨서 기쁨이

되었고 인간에 대해서 시공간적으로 이해의 폭이 넓어졌다. 철학책을 읽으면서 사색의 힘을 길렀고, 심리학을 읽으면서 인간의 모든 행동에는 이유가 있음을 알았다.

다양한 책 읽기는 어느 새 지자별 책 읽기로 비뀌었다. 초등학교 교사였지만 저자로서의 꿈을 놓지 않고 긴 무명의 시간을 극복하고 베스트셀러 작가가 된 이지성 작가나 〈이기는 습관〉으로 최고의 베스트셀러 저자가 된 전옥표 작가는 내가 가려는 길을 앞서서 걸어간 사람들이라 자연스럽게 그들의 책 전체에 관심을 갖게 되었다. 〈아프니까 청춘이다〉의 저자 김난도 교수님의 책도 신간이 출시되면 바로 구입해서 보았다. 〈언니의 독설〉 김미경 강사, 〈공병호의 인생사전〉의 공병호 작가, 〈아웃라이어〉의 말콤 그래드웰 같은 사람들은 내가 정해놓고 책을 구입하는 저자 중 한 사람이었다. 그밖에도 작가를 중심으로 많은 책을 읽게 되었다.

같은 저자의 책을 찾아서 읽는 독서법은 나름 장점이 있지만 전하는 메시지가 거의 비슷해서 사고의 확장보다는 힘과 용기를 얻었던 것 같다.

시간이 흐르자 저자별 독서는 자연스럽게 주제별 독서로 바뀌었다. 특정 주제에 대한 다른 사람들의 생각이 궁금해졌기 때문이다. 주제별 독서는 다음과 같은 주제로 이루어졌다.

– 독서 : 사실 따지고 보면 첫 독서 방식이 '주제별 독서'였다. 독서를 시작할 때 '독서'라는 주제를 달고 있는 책이라면 가리지 않고 구입해서 나중에는 100여 권의 책을 읽었다. 그러면서 나도 모르게 독서에 대한 강한 동기를 부여받았다. 책을 읽으면서 공감을 얻기도 하고 위로받기도 하고 도전욕을 불태우기도 하면서 독서 슬럼프를 이겨낸 것 같다.

– 자녀 교육 : 자녀를 교육시키면서 생기는 고민과 갈등을 해결하고 싶었고 한 번밖에 주어지지 않은 자녀교육에 시행착오를 하고 싶지 않았기에 학년별 교육지침서, 대화법, 독서법, 공부법 등의 50여권의 교육 관련 책을 읽었다.

– 마흔 : 마흔이 되면서 나에게 생긴 미묘한 심리적 변화와 생각의 변화에 대한 원인을 찾고 극복하고자 마흔의 심리학, 성공학, 철학을 수십 권 읽었다.

– 결혼생활 : 부부가 되어 정신없이 경제활동을 하고 자녀를 키우느라 서로를 돌아볼 겨를이 없이 살아왔던 30대가 지나고 40대가 되면서 부부와 결혼에 대해서 고민하게 되었다. 행복한 결혼생활에 대한 책을 수십 권 읽었다.

– 성공 : 성공한 사업가들의 이야기를 통해서 도전받고 나태해진 나를 다시 일으켜 세우고자 성공한 사업가에 대한 책을 읽었다. 그 책을 통해서 성공 습관에 도전했고 메모와 글쓰기를 도전하게 되었다.

- 경제 : 경제는 내가 살아가는 데 중요한 부분이기에 부동산이나 주식, 경제에 대한 책도 여러 권 구입하여 읽었다.

이 3가지 독서법은 순서가 있는 것은 아니다. 대신 방법에 띠리 얻는 효과가 달라지는 것 같다. 다양한 책 읽기는 나의 독서성향을 파악할 수 있도록 도와주고, 독서 편식을 막는 좋은 방법이다. 저자별 책 읽기는 각 저자들의 주요 메시지를 되풀이해 접하면서 시각을 바로잡는 데 참고가 된다. 주제별 책 읽기는 같은 현상에 대한 여러 생각을 접하는 시간으로 사물을 바라보는 폭을 넓혀주는 시간이었다.

03

정독 습관 만들기 ②
책은 눈이 아니라 손으로 읽는다

영어를 처음 배울 때 어땠는가? 한 단어 한 단어 열심히 읽었다. 시간이 지나면서
긴 문장을, 한 문단을, 여러 문단을 읽을 수 있는 능력이 생기게 된다.

처음 독서를 시작할 때 날 미치게 했던
일이 있다. 눈은 책을 보고 있는데 머릿속은 딴생각에 빠지는 것이다.
그래서 읽었던 부분을 읽고 또 읽는다. '무늬만 독서중'인 문제를 극
복하기 위해 '손'으로 책 읽기를 시도했다.

밑줄 긋기를 하면 읽고 있는 책에 온전히 집중할 수 있다. 마음에
드는 문장을 만나면 밑줄을 긋는다. 처음에는 중요한 문장, 마음에 드
는 문장을 어떻게 찾아야 할지 알 수가 없었다. 마음을 달리 먹었다.
내가 몰랐던 새로운 정보가 나오면 무조건 밑줄 치기! 그러다 보니 거
의 모든 문장에 형광펜이 칠해졌다. 독서를 하는지 색칠공부를 하는지
분간이 되지 않을 정도였다. 그래서 다시 빨간색 볼펜을 꺼내들었다.
형광펜으로 색칠한 문장 중에서도 남들에게 알려주고 싶을 만큼 좋은

문장은 빨간 볼펜으로 다시 밑줄을 그었다. 그리고 그 문장에 다시 별표를 하고 해당 페이지의 귀를 접어두었다. 이렇게 선발된 문장은 독서노트에 옮겨진다. 책에 밑줄을 긋게 되면 종이가 울퉁불퉁해져서 책이 두꺼워진다. 책들은 모두 뚱뚱해지고 못생겨진다. 하지만 더 애착이 가고 사랑스럽다. 나의 손에 들어온 녀석들이니까!

밑줄 긋기가 익숙해지면서 이제는 각 꼭지의 주제에 대한 나의 생각을 책의 빈 공간에 기록하기 시작했다. 이렇게 메모를 기록하게 되니 저자를 직접 대면하고 이야기를 나누는 것 같은 느낌이 들었다. 내가 소장하고 있는 김미경 작가님의 〈인생미답〉을 보면 모든 소제목에 나의 답글이 달려 있다. 고도원 선생님의 책도 마찬가지이다.

〈나는 한번 읽은 책은 절대 잊어버리지 않는다〉를 보면 다음과 같은 내용이 있다.

"뇌 과학적으로 밑줄 긋기는 틀림없이 뇌를 활성화한다. 글자를 읽을 때 사용되는 뇌 부위와 펜을 잡고 줄을 그을 때 사용되는 부위가 전혀 다르기 때문이다. 글자를 쓸 때도 다른 뇌 부위가 사용된다. 결과적으로 밑줄을 치거나 메모를 적으면 뇌의 여러 부위를 사용함으로써 뇌가 활성화된다."

밑줄을 긋는 것만으로도 안 쓰던 뇌가 작동한다. 공부 잘하는 학생들은 책이 더럽다. 그만큼 뇌도 복잡하게 주름 잡혀 있을 것이다. 하지만 공부 못하는 학생들은 책이 새 책이다.

얼마 전 〈복면가왕〉이라는 노래프로그램에서 9주 연속 우승의 신화를 쓴 출연자가 탄생했다. 음악대장이라는 이름으로 등장한 가수 하현우다. 그가 부른 모든 곡은 사람들의 마음과 귀를 즐겁게 해 주었다. 가왕의 자리에서 내려온 후 그의 연습 장면이 공개되었다. 노래 가사를 적어놓은 종이에 그는 여러 가지 정보를 복잡하게 적어두었다. 메모는 책을 뛰어넘어 여러 곳에서도 진가를 발휘한다.

〈하루 10분 독서의 힘〉을 출간하며 간호사에서 저자로, 강연가로 활동 영역을 넓힌 임원화 작가도 '책에 줄치고 동그라미를 그리고 접힌 귀들로 책이 두꺼워지고 복잡하게 적힌 메모들이 난무해 졌다' 고 말한다. 심지어 그는 책을 괴롭히는 그런 행동이 진정 책을 사랑하는 마음 때문이라고 주장한다.

"책을 진정 사랑한다면 그 책에 자신의 감정, 결심, 아이디어, 생각 등을 표시하고 기록하여 온전히 자기 것으로 만들어야 한다."

〈어떻게 읽을 것인가?〉의 고영성 작가도 중요한 부분에 밑줄을 긋지 못하거나 뭔가 떠오르는데 메모를 남기지 않으면 귀중한 보물을 놓쳐버릴 수 있다고 지적한다. 이렇게 밑줄을 긋고 별표를 치고 메모를 하며 궁극적으로는 글쓰기로 이어지는 독서법을 그는 '필독' 이라고 불렀다.

〈책은 도끼다〉의 박웅현 작가도 책을 읽으면서 좋은 부분들, 감동받은 부분들에 줄을 치고 한 권의 책 읽기가 끝나면 따로 옮겨 놓는 작업을 한다고 했다.

　물론 밑줄 긋는 것에 반대하는 분들도 있다. 서울대학교 법학과 조국 교수는 밑줄을 긋거나 메모를 하면 다음에 읽을 때 새로운 깨달음을 얻을 수 없기 때문에 밑줄 긋기를 하지 않는다고 말한다. 이화여대 최재천 교수도 책에 줄을 긋고 여기저기 글을 쓰는 것을 싫어한다고 한다. 그의 서재는 학생들과 주변 사람들이 찾는 열린 도서관이기 때문에 다른 이에게 피해를 주고 싶지 않기 위해서다. 일본의 유명한 저널리스트이자 엄청난 독서가 다치바나 다카시도 밑줄을 긋지 말라고 했다. 밑줄 긋는 시간에 계속 읽어 나가면 책 읽는 속도가 5배는 더 빨라지기 때문이라고 설명한다.

　하지만 나 같은 독서초보는 밑줄 긋기를 해야 한다고 믿는다. 밑줄이라도 긋지 않는다면 자꾸만 딴생각에 빠지는 내 마음을 어쩌겠는가. 초보에게는 한글이 외국어처럼 보인다. 영어를 처음 배울 때 어땠는가? 한 단어 한 단어 열심히 읽었다. 시간이 지나면서 긴 문장, 한 문단, 여러 문단을 읽을 수 있는 능력이 생기게 된다. 밑줄의 개수는 마치 우리의 얼굴에 있는 주름살 같은 성숙의 증표라고 여기자. 수천, 수만 개의 밑줄이 그어지면 뇌의 주름도 깊어지리라고 믿고 해보자.

04

정독 습관 만들기 ③
독서노트를 써보자

독서노트는 나의 생각과 일상 그리고 지출 내역을 한눈에 볼 수 있는 나만의 역사노트이다.
과거의 노트를 보면 나의 역사를 영화처럼 다시 보는 듯 생생해진다.

독서노트의 목적은 독서 중 떠오른 생각이나 감흥을 얻은 문장을 놓치지 않고 기록으로 남기기 위함이다. 독서노트를 쓰는 방식에는 여러 가지가 있다. 책을 요약하는 경우도 있고 좋은 글귀를 옮겨 적는 경우도 있다. 그중에 쉽게 실천할 수 있는 방법이 초서이다. 초서란 책을 읽다가 중요한 글이 나오면 옮겨 적는 것을 말한다.

'초서' 하면 생각나는 인물이 바로 18년의 유배생활 동안 500여 권의 책을 쓴 다산 정약용 선생이다. 그의 저서 〈유배지에서 보낸 편지〉를 보면 자식뿐 아니라 제자에게도 초서를 강조하고 있음을 확인할 수 있다. 다산은 초서를 하면 핵심 내용을 자기 것으로 만들 수 있고 지식의 폭을 넓힐 수 있다고 주장한다.

정조의 눈에 띄었던 서자 출신 학자 이덕무 또한 "글이란 눈으로 보고 입으로 읽는 것이 결국 손으로 한번 써보는 것만 못하다."고 말한다. 그는 평생 2만 권의 책을 읽고 수백 권의 책을 베꼈다고 한다.

3년 동안 만권의 책을 쓰고 3년 동안 50권이 넘은 책을 출간한 김병완 작가도 독서노트에 기록하면서 뭔가 축척되는 느낌이 들기 시작했다고 전한다. 〈초의식 독서법〉에서 그는 초서 독서법을 통해서 책의 핵심내용, 중요 문장을 손으로 직접 쓰기 때문에 핵심키워드와 문장이 머리에 각인되며, 기억력이 향상된다고 주장하고 있다.

〈일독일행〉의 유근용 저자도 80여 권의 독서노트를 쓰면서 다산 정약용 선생의 초서를 몸소 실천한 대표적인 작가이다. "읽기만 하는 사람은 읽고 쓰는 사람을 절대 당해낼 수가 없다. 한 권의 책을 무작정 읽기만 하는 것이 아니라 좋은 내용을 뽑아 적고 자신의 생각을 덧붙이고 깨달을 기회를 스스로 제공하며 끊임없이 노력하라."고 말하고 있다.

내 경우, 독서노트가 생각만큼 잘 되지 않았다. 밑줄 친 내용이 너무 많아서 옮겨 적는 시간이 책 읽는 시간보다 더 오래 걸렸다. 그래서 나중으로 미루어두다가 그냥 넘어간 경우가 많았다. 하지만 포기하지는 않았다.

날마다 독서노트를 기록해야 습관이 되는데 책을 하루 만에 읽는 경우가 많지 않아서 기록하는 습관을 들이는 것이 여간 어렵지 않았다. 여러 권의 책을 동시에 읽게 되는 경우에도 읽는 만큼 매일 옮겨 적어야 하는지, 아니면 모두 읽고 난 후에 옮겨 적어야 되는지 갈피를 잡지 못했다. 또한 기록을 하면서도 '나중에 찾아보기도 힘들 거야'라는 부정적인 생각도 들었다. 노트도 바뀌가며 기록을 저다 보니 메모가 뒤죽박죽이었다.

그러던 차에 〈일독일행〉의 유근용 저자의 독서노트와 플래너 강연회에 우연히 참석하게 되었다. 유근용 작가의 수십 권 독서 노트와 플래너를 보면서 자극을 받았다. 그는 독서 내용만 독서노트에 기록하는게 아니라 하루 동안 자신이 지출한 영수증, 신문 스크랩, 자신의 일과를 모두 한 권에 정리하고 있었다. 독서를 시작한 이후 많은 책에서 독서노트를 권하고 있지만 시작하기가 쉽지 않았다. 하지만 강연회 참석 이후 독서노트를 쓰기 시작했다. 매일 지출한 영수증, 신문을 스크랩하고 책을 요약하기 시작했다. 독서노트를 매일 펼칠 수밖에 없어서 습관을 만들기에는 더 없이 좋은 방법이었다. 마침 〈바인더의 힘〉이라는 책을 읽고 구입해 둔 플래너를 꺼내서 썼다.

독서노트는 하루 동안 사용한 영수증, 신문잡지스크랩, 독서요점을 정리하는 용도로 쓴다. 처음에는 영수증도 모으지 않았고 신문스크랩도 하지 않고 독서요점만 기록했다. 하지만 하루 동안 사용한 영수증을 첨부하다 보니 나의 지출 습관을 한눈에 볼 수 있게 되었고 경제규모에 대한 반성과 계획을 세우는 데 큰 도움이 되었다. 독서노트에 영수증을 붙이고 독서요점을 기록하자 노트의 두께만큼 삶이 풍요로워지는 듯했다.

참고로 내가 하는 독서노트를 기록하는 방법을 간단히 소개한다.

– 매일 신문을 읽고 주요 뉴스를 독서노트에 스크랩한다.

– 책을 완독한 후에 독서노트를 기록하는 것이 아니라 그날 읽은 부분을 그때 그때 정리한다 (특히 매월 한 권의 고전을 지정해서 매일 읽으면서 노트에 정리했다. 요즈음은 고사성어 5개씩 속담이나 격언 5개를 매일 노트에 기록하고 있다. 매일 기록할 내용이 있기에 독서노트 습관을 들이는 데 큰 도움이 되었다).

– 영수증을 붙인다 (지출통제가 가능해진다).

현재 독서노트는 한 권 한 권 채워지면서 7~8권에 이르렀다. 두툼한 독서노트를 보고 있노라면 흐뭇해진다.

독서노트는 나의 역사이다. 나의 생각과 일상 그리고 지출 내역을 한눈에 볼 수 있는 나만의 역사노트이다. 과거의 노트를 보면 나의 역사를 영화처럼 다시 보는 듯 생생해진다. 이 독서노트를 통해서 과거의 나보다 좀 더 나은 내 자신이 되기를 기대한다.

이밖에도 나는 2가지 노트에 더 기록을 남긴다. 날마다 성경을 읽고 말씀을 기록하는 묵상노트와 하루의 행적을 기록하는 플래너.

묵상노트는 날마다 성경 1장을 읽으면서 마음에 부딪히는 구절을 옮겨 적는다. 구절을 옮기다 보면 많은 생각이 떠오르고 감사하는 마음, 반성하는 마음을 갖는다. 그러다 보면 복잡한 심정이나 걱정과 염려가 사라지고 어느 순간 평안해진다. 말씀은 나의 영혼을 살찌우는 영혼의 양식이다. 이 묵상노트에 일과를 기록하기도 한다. 감사일기나 긍정일기의 일종이다.

⁘05⁘

정독 습관 만들기 ④

서평을 쓰면 책이 나의 것이 된다

서평을 하다 보니 장점이 많았다. 내용을 잘 기억하게 되고 저자의
핵심주제도 더욱 명확히 알게 된다.

독서노트가 책에 대한 나의 생각을 정
리하고 내 주관적인 생각을 다듬는 행위라면 서평은 다른 누군가의 공
감을 유도하고 좀 더 객관적인 평가를 하는 것이라고 생각한다. 따라
서 독서노트는 나만의 방식과 나만의 형식으로 자유롭게 쓰면 그만이
지만 서평을 쓰려면 일정한 규격과 틀을 감안해야 한다. 책속의 문장
을 옮겨 적는 일은 어렵지 않다. 시간만 투자하면 누구나 할 수 있다.
하지만 서평은 자신의 의견과 생각을 조리 있게 정리해야 하기 때문에
능동적인 글쓰기가 된다.

책을 많이 읽긴 했지만 독서 후의 내 생각을 정리한다는 게 나 같은
독서초보 에게는 힘들고 벅찬 일이었다. 그러나 다산 정약용 선생은
초서만큼 중요하게 생각한 것이 '질서' 였다. 질서는 의문이나 느낀 점

과 깨달은 점을 재빨리 메모하는 것을 말한다. 한마디로 '책을 통해 내 생각의 변화를 적으라는 얘기' 다.

〈일독일행〉이란 책을 통해 '어썸피플' 이라는 카페를 알게 되었다. 인터넷상으로 뭔가를 해 보는 게 서툴렀기 때문에 가입만 하고 참여는 적극적으로 하지 못하는 상황이었다. 그런데 어느 날 서평이벤트라는 것이 있다는 것을 알게 되었다. 저자들의 책을 읽고 서평을 쓰는 이벤트였다. 호기심 반, 기대 반으로 서평이벤트에 응모했다. 그런데 며칠 후에 연락이 왔다. 서평이벤트에 당첨되었다는 것이다. 너무 신기하고 감사했다. 믿을 수가 없었다. 기분이 날아갈 것만 같았다. 하지만 기쁨은 잠시. 걱정이 밀려왔다. 서평을 한 번도 써 본 적이 없었기 때문이다. 아니 서평은 둘째 치고 글을 써본 지가 상당히 오래되었다. 서평 쓰는 방법도 잘 몰랐고 남들이 썼던 서평도 읽어보질 않았기 때문에 눈앞이 깜깜했다. 정해진 기간 안에 서평을 써야 했기 때문에 책을 받자마자 3시간 만에 책을 읽어버렸다.

먼저 독서노트에 밑줄 친 문장을 옮겨 적었다. 그리고 옮긴 문장을 뚫어져라 쳐다보았다. 생각은 자꾸 미꾸라지처럼 빠져나갔다. 다른 사람들의 서평이 궁금해졌다. 읽어 보니 너무 부러웠다. 좌절감만 깊어졌다. 나름 책을 많이 읽었다고 생각했는데 글쓰기는 또 다른 분야였다.

어쩌겠는가. 책이나 글과 관련해서는 선천적으로 물려받은 재능이 없는 것을 탓할 수도 없는 노릇. 부러워하고 부끄러워하며 서평을 쓰기 시작했다. 서평이벤트 당첨을 시작으로 서평 쓰기에도 도전하게 되었고, 지금은 서평을 블로그에 포스팅하고 있다.

서평을 하다 보니 장점이 많았다. 내용을 잘 기억하게 되고 저자의 핵심주제도 더욱 명확히 알게 된다. 〈나는 한번 읽은 책은 잊어버리지 않는다〉의 저자도 서평을 쓰면서 책 내용이 뇌에 단단히 새겨졌다고 말하고 있다. 참고로, 저자는 서평은 책을 읽은 다음날에 쓴다고 한다. 당일 쓰면 감정에 치우칠 수 있으니 좀 더 객관적이고 냉정한 평가를 위해서라는 것이다. 한편 내 경우는, 서평을 쓸 때 비판을 되도록 자제했다. 책에서 배울 점을 최대한 배우고 싶어서였다.

06

정독 습관 만들기 ⑤
함께 읽기는 힘이 세다

독서모임의 성격과 분위기를 파악해서 자신의 수준에 맞는 독서모임에 참여한다면
독서의 깊이와 넓이가 달라지는 경험을 하게 될 것이다.

"멀리 가려면 함께 가라."

홀로 독서를 한다는 것은 자신과의 싸움이다. 쉽게 포기하고 나태
해지기 쉽다. 뼛속까지 독서습관이 뿌리 내리기를 원한다면 독서모임
참여를 추천한다.

책 읽기 초기 나는 교회의 대학생들과 함께 독서모임을 만들었다.
혼자 하는 것보다 여럿이 함께하면 슬럼프에 빠지지 않고 오랫동안 독
서할 수 있으리라는 기대감 때문이었다. 대학생들은 어느 누구보다도
독서를 많이 할 것이라는 기대감도 있었기 때문에 나에게 도전이 되리
라고 생각했다. 한 달에 한 권 책을 선정해서 모두가 책을 읽되 한 사
람씩 돌아가며 책 내용을 정리한 뒤 매달 정기적으로 모여 토론하기로
했다. 나와 다른 세대와의 대화가 몹시 기다려졌다.

지금의 세대를 연애, 결혼, 출산을 포기한 '3포 세대'라고도 부른다. 요즘에는 3포를 넘어 내 집 마련, 인간관계를 포기한 '5포 세대', 여기에 꿈, 희망까지 포기한 '7포 세대'라는 말까지 나오고 있는데 그들은 어떤 생각을 하는지 궁금했다. 하지만 대학생들의 독서 습관이나 독서량은 아빠인 나보다 더 좋지 않았다. 생각도 고민도 그리 깊지 못했다. 그들이 원해서 그렇게 된 것이 아닐 것이다. 지금의 대학생들은 독서보다는 학점이나 스펙이 더 중요했기에 독서 시간이 현실적으로 부족했다. 오히려 나의 독서노력과 독서량이 대학생들에게 자극이 되었다. 그 모임을 통해서 책을 열심히 읽으려는 대학생들이 생기기도 했다. 내 입장에서는, 독서습관을 유지하는 데 도움은 받았지만 적극적인 토론이 이루어지지 않아 아쉬움이 컸다.

학원에서 함께 일하는 강사 선생님들에게도 독서를 권했다. 학생을 가르치는 강사라면 책을 많이 봐야 한다고 생각했다. 학생들에게 단순 지식을 전달하는 것만으로는 지금의 아이들을 제대로 가르칠 수 없다고 생각한다. 학생들의 마음을 이해하고 바른 교육으로 인도하기 위해서는 책이 필요하다고 믿었다. 나아가 책을 통해 아이들의 숨은 꿈과 비전을 끄집어 낼 수 있는 능력을 얻어서 학생과 마음으로 소통하는 멋진 선생이 되기를 원했다. 그래서 지난 한 해 동안 내가 읽었던 책 중에 교육 관련 책 12권을 선정하여 선생님들과 함께 읽기 시작했다. 한 달에 책 한 권을 읽고 내용을 정리해서 매월 첫 주에 발표를 하고 있다. 처음에는 선생님들이 부담스러워 했지만 학생을 가르치는 사람이라면 학생들 보다 더 앞서 성장해야 한다는 것에 공감해주었다. 선생님들의 발표를 들으면서 스스로 자극을 받는다. 이미 알고 있었지만 잊고 있어서 미처 실천하지 못한 내용을 상기시켜 주있다. 이렇게 발표한 자료를 학원의 게시판에 올린다. 학생들에게 선생님들도 도전하고 있고 변화하기 위해서 노력하고 있다는 사실을 보여주고 싶었다. 강사가 먼저 긍정적인 자극을 받아야 학생들에게 긍정적인 자극을 줄 수 있다. 강사에게 먼저 에너지가 있어야 학생들이 그 에너지로 공부할 수 있다. 학교에서 지적받고 신뢰받지 못한 학생들이 학원에서까지 부정적인 비판의 시선에 노출된다면 학생들의 설 자리는 없다. 강사가 좀 더 여유를 갖고 학생을 대하면 어느 누구도 발견하지 못한 학생의 장점을 찾게 될 것이다. 다행히 지금까지도 우리 선생님들이 잘 따라주고 있어서 고마움을 전하고 싶다.

하지만 진정한 소통을 위해서는 대학생 모임이나 강사모임과 같은 의무적인 모임보다는 독서에 관심이 있는 사람들의 자발적 참여가 중요하다고 생각했다. 그래서 독서모임을 찾기 시작했다. 몇몇 모임이 있었지만 시간이 맞지 않아서 참여할 수가 없었다.

그러다가 만난 게 '어썸피플' 인터넷 카페에서 주관하는 독서 모임이었다. 서울에서 이뤄지는 이 독서모임에 아들과 함께 참석할 기회가 생겼다. 다양한 연령층, 다양한 직업을 가진 분들이 참석했다. 교회 대학생들과 독서토론을 할 때는 자발적 이기보다는 강제성이 있어서 능동적인 의견 교환이 부족했다. 하지만 이 '어썸피플' 독서모임에서는 이러한 갈증을 한방에 날려 버렸다. 아쉬운 점은 독서모임이 서울에서 열렸다는 점. 좋은 사람, 좋은 분위기의 독서모임 이었지만 지방에 사는 내가 매주 참석 하기에는 한계가 있었다.

그러던 중에 '어썸' 에서 만난 열정적인 분과 함께 '어썸 피플 광주 독서모임' 인 '북럽' 을 만들게 되었다. 이제는 내가 살고 있는 이곳 광주에서 다양한 연령과 직업을 가진 사람들을 만나 다양한 의견을 주고받으며 긍정적인 영향력을 서로 나눌 수 있어서 너무나 좋다. 독서에 관심이 있는 분들이 자발적으로 참여하는 자리이기에 서로의 의견과 생각을 적극적으로 주고받는다. 다양한 책을 서로에게 소개해 주고 함께 읽은 책에 대한 각자의 생각들을 나누는 즐거움은 이루 말할 수 없다. 서로의 장점을 보고 배우면서 서로가 성장할 수 있는 귀중한 장이되었다. 현재 '북럽' 은 매주 토요일 오전 10시와 오후 2시 두 차례에 걸쳐 모임이 진행되고 있다.

〈독서의 힘〉의 강건 저자는 독서토론에 대해서 이렇게 말하고 있다.

"독서토론이 필요한 이유는 나를 돌아보고 성찰하는 것을 보다 더 쉽게 하기 위해서이다. 독서토론에서 한 가지 주제를 가지고 토론하다 보면 나의 주장과 다른 사람의 주장이 다르게 된다. 독서모임에 참가

하는 구성원들은 서로 살아온 환경과 상황이 다르기 때문에 다른 주장을 하는 것이다. 나와 다른 주장을 하는 것을 들으면서 나의 주장과 비교하게 되고 그러면서 나의 좁고 편협한 생각을 깰 수 있게 되는 것이다. 일주일에 두 시간의 토론을 히면 누구나 지신의 생각의 한계를 깰 수 있게 된다."

독서토론은 같은 책을 읽었지만 느끼는 부분과 강조되는 부분이 서로 많이 다르다. 나의 좁은 편견이 깨지고 또 다른 시야가 열리는 것을 많이 경험했다. 그가 속한 시대와 문화가 그 사람을 만든다는 말이 절실하게 다가온다.

〈나는 읽는 대로 만들어진다〉의 이희석 작가는 독서모임을 통해서 폭 넓은 책을 읽게 되는 장점이 있다고 했다. 사실 나는 소설을 좋아하지 않는다. 그래서 어릴 때도 소설처럼 스토리 기반인 만화조차 보지 않았다. 심지어 만화를 볼 때 상하로 읽어야 할지 좌우로 읽어야 할지 감을 못 잡았다. 하지만 독서모임에 참석하면서 소설에 도전하게 되었다. 내가 미처 몰랐던 유명한 작가들의 책도 소개받으면서 독서 편식에서 빠져 나올 수 있었다.

독서모임이 오프라인 소통이라면 블로그는 온라인 소통이다. 카톡을 통해 '쪽글'을 공유하기 보다는 관심 있는 분들과 서로 소통하는 것이 더 좋다는 생각에서 블로그를 시작했다. 가슴을 치는 좋은 글귀를 만나면 블로그에 올렸다. 내가 상대를 찾아가는 것이 아니라 나의 글에 관심 있는 분들이 찾아오기 때문에 카톡 공유보다는 상대의 피드백에 민감하게 반응할 필요가 없어서 좋았다.

현재는 블로그에 나의 자작곡과 독서일지, 홈스쿨링 일상을 올리고 있다. 블로그는 새로운 누군가와 소통할 수 있는 즐거움을 준다. 얼굴을 마주한 적은 없지만 서로 격려하며 긍정적 에너지를 나누는 덕분에 하루의 활력소가 되었다. 이러한 소통이 독서에 더욱 매진하는 힘을 준다.

우리나라에는 많은 종류의 독서모임이 있다. 이 중에는 독서초보가 참여하기 쉽지 않은 모임도 있다. 고전 독서모임이나 인문학 독서모임은 독서초보에게 권하고 싶지 않다. 우리 광주 '북럽'은 독서초보들이 참여하기에 부담이 없는 모임이다. 나는 지금도 매주 독서모임이 기다려진다. 독서모임은 내 삶의 활력소이고, 새로운 자극의 장이다. 학교에서 배우는 것과는 또 다른 의미에서 배움이 있는 곳이다. 또 다른 성장이 있는 곳이다. 독서모임의 성격과 분위기를 파악해서 자신의 수준에 맞는 독서모임에 참여한다면 독서의 깊이와 넓이가 달라지는 경험을 하게 될 것이다.

07

삶의 변화를 만드는 독서법 :
정독에서 다독으로

평균 1년에 50권의 책을 읽으면 다독가라고 한다. 정독으로 책을 읽되 독서 임계량을
돌파해야만 뇌가 바뀌고 몸이 독서를 원하게 되는 것이다.

정독습관이 몸에 배면 이제는 최대한
많이 읽는 것을 목표로 삼아야 한다. 1년에 100권 읽기, 1일 1권 읽기
에 도전해 보자. 정독으로 그릇을 만들었다면 이제는 다독으로 그릇을
채워야 한다. 어느 정도 채워야 하는가? 넘치도록 채워 넣어야 변화가
생긴다. 여기서 대부분의 사람들이 속게 된다. 책을 읽어도 변화가 없
다고 포기한다. 자신의 독서 수준은 그릇 만드는 정도였는데 변화가
없다며 불평하는 것이다. 정독습관을 갖춘 뒤 다독으로 넘어가야 변화
가 시작된다.

〈다독술이 답이다〉의 저자 마쓰오카 세이고는 '독서를 할 때 양보
다 질을 추구한다는 생각은 아무런 도움이 되지 못한다' 라고 말하고
있다. 이해되지 않더라도 반복해서 읽으라는 것이다. 자신에게 맞는

책을 찾기보다는 적당히 멋있어 보이는 책을 읽으라고 권한다. 이때 '적당히 멋있어 보이는 책'이란 나에게 낯선 주제와 분야를 말한다. 어떤 책을 읽어야지 고민하는 시간에 손에 잡히는 아무 책이나 일단 읽어보자.

물론 반대 의견도 있다. 〈책은 도끼다〉의 박웅현 저자는 다독콤플렉스를 버려야 한다고 말하고 있다. 다독콤플렉스를 가지면 쉽게 빨리 읽히는 얇은 책들만 읽게 되기 때문에 좋지 않다고 주장한다. 개인적으로 그의 책 〈여덟 단어〉와 〈다시 책은 도끼다〉를 읽으면서 그의 열혈 독자가 되었다. 그가 소개한 책을 모두 읽고 싶을 만큼 쏙 빠져들었다. 지금은 독서 습관이 되었기 때문에 그의 주장에 전적으로 동의한다. 하지만 과거의 나처럼 독서가 습관이 되지 않은 초보에게는 독서의 질보다는 도서의 양이 더 중요하다고 생각한다.

독서력이 부족한 사람에게는 200~300페이지 책이 매우 부담스럽다. 울림이 되는 문장을 찾을 능력도, 그 문장 안에서 사색하고 내 삶에 통합시킬 능력도 아직 없다. 먼저 책과 친구가 되어야 하고 책의 냄새가 좋아져야 하고 책 넘김이 즐거워야 한다. 그러기 위해서는 자주 접촉하고 대면해야 한다. 그것도 한 분야의 책이 아니라 다양한 분야의 책을 만나야 한다. 학생들이 자신의 꿈을 찾지 못한 이유는 자신이 무엇을 잘하는지 무엇을 좋아하는지 모르기 때문이다. 그것을 발견하기 위해서는 다양한 경험을 해야 한다. 피아노도 노래도 태권도도 여행도 해보면서 되도록 많은 경험을 쌓아야 한다. 이와 마찬가지로 책도 다양하게 경험해 봐야 내가 관심 있는 분야를 발견하게 된다.

나 또한 독서를 시작한 지 2~3개월 후부터는 10권 이상의 책을 책상에 올려놓고 한 번에 조금씩 읽었다. 한 가지 책만 읽을 때는 지루했지만 여러 분야의 책을 조금씩 읽어가면서 내가 어떤 분야의 책을 즐기는지 알 수 있었다. 심리학과 역사, 철학을 읽을 때 깊이 빠져 드는 나를 발견하게 되었다. 무엇보다도 새로운 지식이 나에게 자극제가 되었던 것 같다. 그렇게 독서를 하면서 한 달에 읽은 책이 10권을 넘게 되었다. 여러 권을 동시에 읽는 방법이 옳은지 처음에는 확신이 없었다. 그러다 우연히 〈열 권의 책을 동시에 읽어라〉라는 책을 만나고 자신감을 갖게 되었다.

평균 1년에 50권의 책을 읽으면 다독가라고 한다. 정독으로 책을 읽되 독서 임계량을 돌파해야만 뇌가 바뀌고 몸이 독서를 원하게 되는 것이다. 지금은 한 달에 15~20권을 읽게 되었고 1년이면 적어도 200권 이상의 책을 읽는다. 요즈음은 울림의 문장이 생겨나고 '캬~' 하고 감탄사를 내뱉는 일이 자주 생긴다. 정독에서 다독으로 나아가자. 다독으로 울림의 문장을 찾고 사고하자. 그러면 또 다른 길에 서 있는 자신을 발견하게 된다.

333법칙

나는 333법칙으로 책을 읽었다. 자기계발서, 문사철, 경제 이렇게 3가지 부류의 책을
매일 3시간씩 3년간 읽는 방법이었다.

배가 기울지 않기 위해서는 '평형수'라
는 것이 필요하다. 평형수가 제대로 역할을 하지 못하면 세월호 같은
비극적 사건을 피할 수 없게 된다. 독서도 마찬가지이다. 한쪽에 치우
치는 독서는 오히려 독이 되는 경우가 많다. 편협한 생각에 빠지기 쉽
다. 자기 입맛에 맞는 분야에 편중되어 독서의 권태기를 겪게 된다. 나
는 이런 치우침을 막기 위해 333법칙으로 책을 읽었다. 자기계발서,
문사철, 경제 이렇게 3가지 부류의 책을 매일 3시간씩 3년간 읽는 방
법이었다.

3 - 자기계발서, 문사철, 경제
3 - 매일 3시간씩

3 – 3년간 집중적 독서

어떤 책을 읽을 것인가

자기계발서는 비타민과 같고, 문사철은 영양식, 그리고 경제는 식사와 같다. 자기계발서는 삶의 도전이 되었다. 무료한 삶에 자극이 되었다. 새로운 용기가 되었다. 지금의 상황에 주저앉지 않고 더 나은 미래를 꿈꾸며 새로운 희망을 갖게 되었다. 처음 책을 집어든 나에게 불을 지피는 좋은 연료 역할을 했다. 면역력을 키워주는 비타민처럼 자기계발서는 독서와 삶에 활력을 준다.

자기계발서를 성공학 이라고도 부른다. 성공학으로 유명한 사람은 미국의 독립을 이끌고 미국 민주주의의 초석을 다진 벤저민 프랭클린이다. 벤저민 프랭클린의 뒤를 잇는 작가는 새뮤얼 스마일즈이다. 그 당시 새뮤얼 스마일즈와 필적할 만한 작가가 〈자유론〉을 쓴 존 스튜어트 밀과, 〈크리스마스 캐롤〉을 쓴 찰스 디킨스, 그리고 〈종의 기원〉을 쓴 다윈이었다. 스마일즈는 의사였고 정치가였다. 그는 의료활동이나 정치활동으로는 사람을 변화시키지 못한다는 결론을 내리고 인류 역사상 최초의 자기계발서를 쓴 작가가 된다. 그는 "사람을 변화시키는 것은 기술도 아니요 정치도 아니요 오직 자조정신이다"라고 말하며 〈자조론(Self-Help)〉이라는 저작을 남긴다. 새뮤얼 스마일즈 이후 자기계발이라는 장르가 탄생하고, 이는 200년 전에 일본에 지대한 영향을 끼친다. 많은 사람들이 자기계발서를 통해서 인생이 바뀌고 경제와 미래가 달라지는 것을 체험했다. 성공한 사람들의 말과 삶을 통해서 나도 할 수 있다는 자신감을 얻게 된 것이다.

혹자는 자기계발서를 비판한다. 나의 아내도 자기계발서를 읽는 나를 맹비난했다. 수준이 낮은 책이고 똑같은 말만 반복하는 책이라며 무시했다. 학자나 고전을 즐기는 사람들의 눈에는 자기계발서가 마음에 들지 않은 모양이다. 〈거대한 사기극〉을 쓴 이원석 작가와 〈한기호의 다독다독〉의 한기호 소장도 자기계발서를 비판한다.

반면에 경영학 박사이자 현재 대학 교수인 최성락 작가는 수년간 자기계발서를 읽으며 변화된 자신의 삶을 토대로 〈나는 자기계발서를 읽고 벤츠를 샀다〉라는 책을 내며 자기계발서를 제대로 읽는 법을 소개했다.

사람마다 호불호가 있을지 모르지만 내게는 '도움 되는 책'이다. 자기계발서는 마인드 독서이다. 독서를 방해하는 독소를 제거하는 역할을 한다. 독서초보에게는 반드시 필요하다고 믿는다.

자기계발서를 통해 독서습관과 긍정마인드를 갖게 되면서 자연스럽게 문사철로 넘어갔다. 좀 더 자극받고 성장하고 싶은 욕심이 생기는 것은 당연하다. 문학은 나의 삶을 들여다보는데 많은 도움을 주었다. 철학은 생각하는 힘을 갖게 했다. 역사는 시공간적 한계를 넓혀주어 사물을 더 큰 관계망 안에서 파악하게 해 주었다.

특히 역사는 지식의 보고이면서 즐거움의 창고였다. 남이 모르는 사건을 알고 있다는 지적우월감을 갖게 해주는 도구였다. 주로 조선시대의 역사를 집중적으로 읽었다. 〈조선왕조실록〉, 〈조선왕을 말하다 1, 2권〉, 〈조선왕 독살사건 1, 2권〉, 〈못난 조신〉, 〈징도전과 그의 시대〉, 〈심리학으로 본 조선왕조실록〉등의 책을 읽었다. 어릴 때 학교에서 역사를 배울 때는 짜증스럽고 힘들었다. 암기 중심의 학습이라서 더욱 그랬던 것 같다. 역사는 외우는 것이 아닌데 그렇게 잘못 알고 있었던 것이다. 이제 와서 제대로 된 역사를 공부하는 것 같았다. 역사를 연도와 사건 중심으로만 이해했던 나의 시야가 새로운 역사 공부를 통해 비로소 오늘의 교훈으로 삼을 만한 메시지를 찾게 된다.

예를 들면 훗날 세조가 된 수양대군과 김종서 장군의 관계를 통해서 서로의 입장을 살피는 시간을 갖는다. 누가 잘했는지 못했는지 평가보다는 각자가 서 있는 입장의 차이를 보게 된다. 수양대군은 나라 초기의 어수선함을 다스리기 위해서는 보다 강력한 왕권을 가져야 한다고 믿고 태종과 세종의 뜻을 잇고자 했으나 김종서 장군은 어린 왕 단종을 도와 유학 중심의 나라, 신하 중심의 나라를 세우고자 했던 정도전의 뜻을 잇고 싶었던 것 같다. 물론 개인적인 야망도 있었겠지만 각자가 서 있는 자리는 절대 양보될 수 있는 게 아니었다. 이처럼 역사는 여러 가치가 갈등을 일으키고 충돌하는 상황을 객관적으로 보여주며 '어울려 살아가는 삶'에 대한 보다 넓은 시야를 준다.

철학책의 경우, 서양철학사와 동양철학사를 먼저 읽었다. 〈처음 시작하는 철학〉, 〈철학, 역사를 말하다〉, 〈처음 읽는 철학사〉, 〈동양 철학사 산책〉 등이 그때 읽은 책들이다. 당시에는 철학자의 원서를 바로 읽기에는 지력이 약했다. 그래서 철학의 흐름과 주요 주제를 쉽게 설명한 책이 필요했다. 철학의 흐름은 생각의 흐름이고 생각이 모여 역사를 만들고 문화를 만든다. 그 다음에 읽은 책이 〈철학이 필요한 시간〉, 〈청소년 철학과 사랑에 빠지다〉, 〈영화로 읽는 서양철학사〉, 〈철학의 힘〉, 〈철학 읽는 힘〉 등이었다. 그렇게 한 10여 권의 입문서를 읽고 나자 자신감이 붙었다. 〈사서삼경〉을 먼저 도전했다. 〈논어〉, 〈맹자〉, 〈대학〉, 〈중용〉의 사서와, 〈시경〉, 〈서경〉, 〈역경〉의 삼경을 읽어보았는데 한 번 읽고 끝낼 책이 아니었다. 신윤복 선생님의 〈담론〉, 〈강의〉를 보면서 사서의 깊이를 더욱 느끼게 되었다. 박재희 교수님의 〈3분 고전 1, 2권〉과 〈고전의 대문〉은 사서를 더욱 풍요롭게 해주었다. 처음에는 사서가 어떤 책을 말하는지조차 몰랐다. 그래도 이제는 어떤 책인지 어떤 내용인지는 알게 되었다. 이제는 사색이 필요한 시간이다. 이지성 작가가 논어와 성경을 재독한다고 했는데 그래야 할 이유를 알 것 같았다. 그리고 〈니코마코스 윤리학〉, 〈플라톤의 대화편〉 등을 읽으며 원저자를 통해 직접 듣는 단계가 되었다. 물론 아직 갈 길은 멀다.

문학작품에는 관심이 별로 없었다. 소설을 좋아하지 않았기에 유명

소설도 거의 모른다. 그러다 독서모임에 참여하면서 고전소설에 자극을 받으면서 이제는 고전소설, 문학작품에도 손을 대고 있다. 아내도 주로 고전 문학을 많이 읽으며 나에게 자주 권해주었다. 톨스토이의 〈부활〉, 〈전쟁과 평화〉, 〈안나 키레리니〉를, 그리고 헤밍웨이의 〈노인과 바다〉, 〈누구를 위하여 종은 울리는가?〉와, 헤르만 헤세의 〈싯다르타〉, 〈데미안〉, 괴테의 〈젊은 베르테르의 슬픔〉, 〈파우스트〉 정도는 반드시 읽으라고 권했다. 그래서 지금은 매월 한 권씩 문학작품을 읽으려고 도전하고 있다.

하루 3시간, 3년간 독서

이렇게 3가지 종류의 독서를 하루에 3시간씩 투자했다. 5분 독서, 15분 독서라는 제목을 달고 출간된 책들이 있지만 내 생각에 이것은 효과가 없다. 5분 독서, 15분 독서로는 절대 독서습관을 만들지 못한다. 5분 독서의 의미는 시작할 때 '5분'이면 족하다는 말이지 평생 5분 독서면 된다는 말은 아니다. 매일 2~3시간 이상 독서에 쏟아야 뇌가 바뀌고 눈도 바뀌고 마음도 바뀌고 행동도 바뀌고 운명도 바뀌게 된다. 머리로만 아는 것은 까먹기 쉽지만 몸이 기억하는 것은 오래간다.

매일 3시간 독서를 최소한 3년은 지속해야 한다. 그래야 독서가 취미로 끝나지 않는다. 독서는 특기가 되어야 한다. 아이를 낳으면 3년

매일 3시간 독서를 최소한 3년은 지속해야 한다. 그래야 독서가 취미로 끝나지 않는다. 독서는 특기가 되어야 한다. 아이를 낳으면 3년은 옆에 붙어서 돌봐야 아이가 자라고, 부모가 죽으면 3년간은 자꾸 떠오르듯이 모든 일이 익어질 때는 3년이란 게 중요한 것 같다.

은 옆에 붙어서 돌봐야 아이가 자라고, 부모가 죽으면 3년간은 자꾸 떠오르듯이 모든 일이 익어질 때는 3년이란 게 중요한 것 같다. 그런 맥락에서 독서 과정을 중학교 과정과 비교하면 참 잘 맞아 떨어진다.

중학교 1학년 때는 모든 게 낯설기 때문에 적응하는 데 정신이 없다. 선생님께 적응해야 하고 새로운 친구에 적응해야 하고 중간고사 기말고사에 적응해야 한다. 배운 지식의 맛을 느낄 시간과 여유가 없다. 독서 1년차도 마찬가지이다. 나름 독서를 한다고 했지만 남는 게 없다고 느껴지는 시기다. 자신의 독서에 반신반의하며 시행착오를 거치는 과정이다.

중학교 2학년이 되면 학교생활이 어느 정도 적응이 된다. 하지만 본격적인 사춘기가 시작되는 시기이다. 반항기가 시작된다. 신체적인 변화와 생각이 혼란을 겪는 시기이다. 학원에서도 학교에서도 제일 힘든 학년이다. 공부하는 학생과 공부에 무관심한 학생이 결정되는 시기이기도 하다. 중학교 1학년의 시기가 외적 갈등의 시기라면 중학교 2학년은 내적 갈등의 시기를 맞이한다. 중2병이라는 말이 그냥 있는 게 아니다. 독서 2년차도 마찬가지다. 이때가 되면 기존의 가치관과 책의 가치관 사이에서 혼란을 경험한다. '내가 왜 책을 읽지?' 하고 독서의 의미를 다시 고민하게 된다. 그래서 2년차가 제일 중요하다. 변화를 유도하는 독서가 될지 취미독서로 끝나게 될지 결정되는 시기이다.

중학교 3학년이 되면 새로운 과정을 준비하는 시기이다. 대부분 학생들이 마음을 다잡고 공부에 전념한다. 후배들에게 할 말이 생기는 시기다. 자신의 공부노선과 꿈의 노선이 어느 정도 정해지는 시기이기도 하다. 자신만의 공부 방법이 정립된다. 학원과 학교를 이해하고 선생님과 친구들 그리고 부모님을 이해하게 되는 시기이기도 하다. 독서 3년차가 되면 안정기에 접어든다. 이제는 노력하지 않아도 몸이 독서를 기억한다. 독서가 즐겁고 독서를 통해서 이루고자 하는 것이 분명해진다. 다양한 독서를 통해서 독서와 독서가 교차되어 통합, 융합된다. 다른 이들을 이끌 수 있는 조언자가 된다.

사람마다 차이가 있을 수도 있다. 산의 정상에 오르는 방법이 하나가 아니듯 각자에게 맞는 방법이 있을지 모른다. 여기서 소개한 333법칙도 어쩌면 나 한 사람에게만 적용되는 방법인지 모른다. 그러나 아직 갈피를 못 잡은 단계라면 내 방법도 시도할 만한 가치는 있는 것 같다. 3종류의 책을, 날마다 3시간씩, 3년간 읽어보자. 시행착오를 예상하고, 그에 맞게 대처해 간다면 독서라는 산의 정상에서 만날 날이 올 것이다.

아빠가 독서하면 심장의 온도가 올라간다

딸 넷 아들 하나를 두신 아버지는 생계에 무거운 책임을 안고 계셨다. 말단 공무원 생활로는 처자식을 먹여 살리기에는 역부족이었기에 부업으로 땅을 빌려 농사를 지었다. 새벽 4시면 어김없이 하루를 시작하시고 해가 떨어지면 힘든 몸을 이끌고 집에 들어오시곤 했다. 농사일은 모심기도 해야 하고 피도 뽑아야 하고 농약도 쳐야 하고 추수한 후에는 벼를 말리기도 해야 한다. 항상 부지런하고 열심히 사시는 아버지가 늘 자랑스러웠다.

어느 날 아침식사 중에 집밖에서 '쿵' 하는 소리가 들렸다. 대수롭지 않은 소리로 알았는데 알고 보니 아버지가 옥상에서 떨어지셨다. 아버지의 머리에서 피가 흥건히 흘렀고, 의식이 없었다. 급히 119를 통해 병원으로 이송했다. 10시간이 넘는 대수술이 시작되었다. 우리 형제들은 밤새 마음 졸이며 수술 결과를 기다렸다. 수술이 끝난 후 아버지는 중환자실로 옮겨졌다. 의사 선생님은 '앞을 못 볼 수도 있고 뇌를 크게 다쳐서 회복 여부가 불투명하다'며 고개를 저었다. 깨어나더라도 정상적인 생활이 힘들 거라는 말도 덧붙였다. 우리 형제는 아버지가 살아서 곁에 계시기만을 기도했다.

3개월 이후 다행히 중환자실에서 일반 병실로 옮겼다. 목숨은 건졌지만 시력은 완전히 상실했고, 침상에만 누워 계셨다. 우리를 알아보지도 못하셨다. 어머니와 우리 형제들이 돌아가면서 1년 넘게 간호했다. 병원과 학원을 오가는 것이 일상이 되었다. 병원에 누워계신 아버지의 똥오줌을 받으며 다소 이른 나이에 아버지의 삶을 되돌아보게 되었다. '다섯 명의 자식을 키우느라 많이 힘드셨겠구나, 많이 외로우셨겠구나, 마음이 통하는 어느 누구도 없었겠구나.' 아버지 마음이 조금은 이해되었다. 죄송한 마음이었다. 한 번도 아들 노릇 제대로 못했는데, 아버지와 웃고 울고, 아버지와 미래를 나누고 대화하며 아버지를 느끼고 싶었는데 이젠 불가능해졌다. 내 아들에게 할아버지라는 자리가 얼마나 따뜻한지 알려주고 싶었는데 이젠 불가능해졌다. 우리 첫째 아들을 오토바이에 태우고 논밭을 다니며 손주 자랑에 웃음을 잃지 않았던 아버지가 지금도 눈에 선하다. 1년 후 아버지를 집으로 모시고 왔지만 여전히 아버지는 화장실을 가릴 수 없었다. 어머니는 아버지를 10여 년 동안 집에서 간병하셨다.

처음에는 아버지가 처한 상황이 슬프지 않았다. 힘들어하고 슬퍼하는 가족을 오히려 위로하며 아무렇지 않게 생활했다. 소설을 전혀 읽지 않던 내가 우연히 알베르 까뮈의 〈이방인〉을 읽으면서 처음으로 나를 발견하게 되었다. 책을 읽으면서 나의 감정을 발견하고 나의 상황이 보이기는 이번이 처음이었다. 독서를 통해서 생각이 깊어진다는 사실을 체험하고 있었지만 감정의 움직음을 느낀 것은 이번이 처음이었다. 어머니의 장례식에서 전혀 감정을 보이지 않던 〈이방인〉의 주인공이 나와 똑같다는 생각이 들었다. 죽음이 결정되는 자신의 재판장에서도 자신의 감정을 보이지 않던 그는 죽음을 눈앞에 두고 사제와 대화를 나누면서 처음으로 자신을 묶고 있는 복잡한 감정을 폭발시킨다.

이 책을 보면서 아마 나도 내 감정을 억누르고 있을지 모른다는 생각이 들었다. 전혀 좋아질 기미가 보이지 않는 아버지를 의식하는 순간, 숨겨왔던 감정이 폭발할까 두려웠던 것이다. 그 슬픔을 주체할 수 없을 것만 같아 애써 외면하며 산 것이 아닌가 하는 생각이 들었다. 그래서 일부러 아버지 곁에 가지 않았던 것 같다. 스스로 아버지와 거리를 두고 살았다는 생각이 들었다. 마치 옆집 아저씨를 돌보고 있는 것처럼 내 자신을 속이며 산 것 같았다.

그러던 중에 아내와 함께 〈장수상회〉라는 영화를 보게 되었다. 한 동네에 성질 괴팍한 할아버지가 한 분 살고 있었다. 그분은 젊은 사장이 운영하는 슈퍼에서 일하며 나름대로 열심히 살아가고 있었다. 어느 날 앞집으로 한 할머니가 그녀의 딸과 함께 이사를 온다. 그 할머니와 할아버지는 금방 친해져서 함께 구경도 다녔다. 할아버지는 다른 할아버지를 만나는 할머니에게 질투를 느낄 정도로 서로 가까워진다. 그런데 할아버지를 바라보는 할머니의 눈빛이 예사롭지 않았다. 할아버지는 모르지만 할머니만 알고 있다는 눈빛이었다. 사실 할아버지와 할머니는 원래 부부였고 슈퍼집 사장은 그의 아들이었다. 할머니와 함께 살고 있는 젊은 여자는 자신의 딸이었던 것이다. 할아버지는 알츠하이머병에 걸려 아내와 자녀까지 알아보지 못했고 혼자된 사람처럼 그렇게 살아가고 있었다.

영화를 보면서 아버지가 생각났다. 우리 자녀를 위해서 어느 누구보다도 열심히 사신 아버지였지만 여전히 나와 누님들 그리고 어머니도 잘 기억하지 못한다. 13년째 우리를 알아보지 못하고 우리를 전혀 볼 수도 없으시다. 책과 영화가 나의 감정을 건드렸다. 내가 숨겨왔던 감정을 드디어 발견하게 되었다. 그리고 아버지를 처음으로 천천히 생각하게 되었다. 그리고 그의 모습을 더듬어 기억하며 글을 써 내려갔다.

이렇게 완성된 글에 멜로디를 붙였다. 작곡을 배운 적이 없지만 마음을 담아 노래를 만들었다. 악보를 만들고 MR을 만들어 노래를 불렀다. 지금은 요양병원에 계신 아버지를 생각하며 나의 이 노래를 부른다. 노래를 부르며 남몰래 얼마나 눈물을 흘렸는지 모른다. 나의 노래로 죄송한 마음, 사랑의 마음, 사죄의 마음을 아버지에게 전하고 싶었다. 책은 나의 감정을 읽어주고 공감해 주는 역할도 한다는 사실을 가슴 깊이 느끼는 순간이었다.

[아버지를 위한 노래]

"내 기억 속의 아버지는"

내 기억 속의 아버지는
자녀와 가정을 위해 열심히 사신 분
내 기억 속의 아버지는
때론 어머니의 마음을 아프게 하신 분

하지만 그도 꿈 많은 소년일 때가 있었고
열정과 패기가 넘치는 젊은이일 때가
한 여자를 열렬히 사랑한 남자일 때가 있었죠.

내가 내 자녀로 기뻐하는 것처럼
저희 때문에 기뻐하셨던 때가 있었죠.

이제 내 옆에 사고로 나를 기억하지 못한 아버지가 계세요
이제 내 앞엔 사고로 눈이 보이지 않으신 아버지가 계세요
이제 내 곁엔 사고로 혼자 움직일 수 없는 아버지가 계세요

돌봐 드려야 할 때 돌봐드리지 못한 저를 용서하세요.

시간을 드려야 할 때 드리지 못한 저를 용서하세요.

마음을 드려야 할 때 드리지 못한 저를 제발 용서하세요.

젊음과 열정과 시간을 주신 우리 아버지

젊음과 열정과 사랑을 주신 나의 아버지

이젠 당신과 시간을 나누고

이젠 당신과 마음을 나누고

이젠 당신과 사랑을 나누고 싶어요.

아버지 당신이 함께 계셔서 너무 감사해요.

https://youtu.be/eyw0afFs4GQ

"내 기억 속의 아버지는" 노래를 들으실 수 있습니다.

우리 부모님들은 그림이나 음악, 체육에 대해서
그렇게 좋게 바라보지 않았다.
또한 우리는 예술 교육을 별로 받은 적이 없다.
아이들이 그린 그림이나 음악 수준을 확인해 보자.

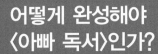

Chaptes
04

어떻게 완성해야
〈아빠 독서〉인가?

표현본능을 일깨우는
우뇌독서로 갈아타기

01

읽기만 하고 그치는 좌뇌식 독서 극복하기

이제는 우뇌식 독서, 감성독서, 에듀케이션 독서의 시대이다. 남들이 하는 것을 따라 배우는 그런 독서가 아니라 나만의 인생을 즐기는 독서가 되어야 한다.

요즘 독서에 관한 책을 보면 답(요령)이 있다고 주장하는 책들이 대부분이다. '이렇게 읽으면 인생이 변한다' '이렇게 하면 원하는 결과를 얻을 수 있다'고 주장하는 책들이다. 독서에 방법이 있는 건 맞는 말이긴 하지만 답이 정해져 있다는 식의 설명이 원래 독서가 가진 힘을 망치고 있는 것 같다. 답이 있다는 말은 주입식 교육이 효과가 있다는 것과 다를 바 없다.

영어공부를 생각해보자. 시험을 목적으로 죽어라 공부해 봤자 외국인과 말 한마디 나누지 못하는 경험이 우리에게는 있다. 수년간 영어를 배웠지만 미국 아나운서가 하는 말이 들리지 않고, 영자신문을 독해하지 못한다. 주입된 건 많은데 꺼내질 못하기 때문에 생기는 문제다.

지금까지 우리는 밑줄 긋는 독서, 외우는 독서, 이해하는 독서를 해왔다. 책을 통째로 머릿속에 넣으려는 주입식 방식으로 책을 읽어왔다 (앞서 설명한 정독이 주입식 독서법이다.). 독서의 참 열매는 책이 내 안에서 씨앗이 되거나 내 안의 감수성, 창의성을 자극해서 나를 꽃피우는 데 있어야 하는데 그러질 못했다. 독서의 열매를 취하지 못한 채 나도 똑같아질 거야 하는 마음으로, 타인이 독서를 통해 이룩한 결과물을 야금야금 먹기만 했다. 그래서 소화불량에 걸리고 책과 멀어졌다. 독서를 통해서 운명이 바뀌었다고 말하는 이도 있고 자신의 사고방식이 많이 바뀌었다는 사람들도 많다. 그러나 〈슬램덩크〉의 대사를 빌린다면 책은 거들 뿐, 변화는 당신에게서 피어나는 것이다.

만일 당신이 독서를 로또처럼 여기고 있다면 그것은 당신이 자본주의적 사고에 물들었다는 증거일 것이다. 독서는 단순히 돈만 넣으면 새로운 정보가 튀어나오는 자판기가 아니다. 독서는 아날로그적인 것이고, 자본주의보다는 자연에 가깝다. 독서는 내 안에 숨겨져 있는 나의 무한한 재능과 능력을 발산하게 해주는 도화선이다. 다 빈치는 그림을 그리기 전 독서 시간을 가지며 영감을 잡으려고 애를 썼다. 병상에 누워 책만 파던 손정의는 책을 내려놓는 순간 세계 경제 지도를 머릿속에 그렸다. 똑같은 책이고 똑같은 활자지만 이 씨앗은 누군가를 예술가로 만들고, 누군가를 비즈니스맨으로 만들었다.

그리고 책은 세상에 나를 소리치게 한다. 빌 게이츠에게는 윈도우라는 개발품으로 소리치게 했고, 파바로티에게는 하이 씨의 가곡을 노래하게 했다. 이 모든 게 책의 힘이다.

그렇게 세상과 소통하게 된다. 운명이 바뀐 이유도, 생각이 바뀌게 되는 것도 부를 축척하고 성공을 히게 된 것도 지신안의 숨겨진 것들을 발견한 결과이다. 그러므로 주입하는 방식으로 책을 읽기만 해서는 안 된다. 적극적으로 내 안의 것을 끄집어내는 노력이 필요하다.

정상적으로 말한다면 독서는 단지 읽는 행위가 아니라 진정한 자신을 표현할 수 있게 해주는 진정한 도구로 활용되어야 한다. 어떤 이는 그림으로 자신을 표현하고 음악으로 표현하고 옷을 디자인하면서 글을 쓴다. 이때 도화선 역할을 하는 게 책인데 단지 읽기만 해서는 절대로 얻을 수 없는 열매다. 당신 안에는 어떤 모습이 숨어 있는가? 자신에게 숨겨진 위대한 힘을 체험하고 싶지 않은가? 우뇌식 독서가 당신의 것을 발견하도록 안내해줄 것이다.

그런데 한계가 있다. 지금까지의 독서방법에 문제가 있는 것이다. 줄을 긋고 요약을 하고 독후감을 쓰라고 강요받아왔다. 이는 좌뇌식 독서법이다. 우리가 그렇게 비판하는 주입식 독서법이다. 많은 책을 읽으라고 1일 1독 하라고 말한다. 1년에 100권을 읽으라고 말한다. 이것이 잘못된 것이 아니다. 그러나 다독에서 그쳐서는 안 된다.

독서의 기본기를 다졌다면 이제 스스로 걸어봐야 한다. 남이 제시한 독서법 안에 머물면 절대 내 안의 무한한 능력을 끄집어 낼 수가 없다.

　이제는 우뇌식 독서, 감성독서, 에듀케이션 독서의 시대이다. 남들이 하는 것을 따라 배우는 그런 독서가 아니라 나만의 인생을 즐기는 독서가 되어야 한다. 소비만 하는 인생에서 생산자의 모습으로 갈아타야 한다. 나만이 표현할 수 있는 것으로, 내 주위의 사람들과 함께 나눌 수 있는 생이 되어야 한다.

02

에듀케이트(educate)식 독서란 무엇인가?

유대인 역시 'educate'적 발상에서 자녀를 가르친다. 유태인 교육의 핵심은
질문과 토론과 논쟁을 중심으로 하는 하부루타 교육이다.

위키백과사전에 보면 교육을 뜻하는
영어 'education', 독일어 'Erziehung', 프랑스어 'éducation'은 모
두 라틴어 'educare' 또는 'educatio'에서 유래했다고 적혀 있다. 라
틴어 'educare'는 '양육하다'라는 의미로, 이는 능력을 끌어낸다는
뜻의 'educere', 지도한다는 뜻의 'ducere'와 관련이 있다.

한편 영어의 'pedagogy'는 그리스어 'paidagogos'에서 기원한 것
으로, '어린아이를 바른 곳으로 이끌다'라는 의미를 지닌다고 한다.
이는 당시 고대사회, 특히 그리스에서는 귀족의 자녀들을 이끌고 아고
라, 짐나시움 등의 장소로 다니며 교육 한 것과 관련이 있다.

즉 '교육'이라는 말은 두 가지 상반된 의미를 갖는다. 하나는 외부
의 지식을 주입함으로써 사회적 질서 등을 익히게 하는 것(pedagogy)이

고, 다른 것은 학생의 내부의 선천적 능력을 밖으로 꺼내 기르는 것 (educere)이다.

우리는 이미 어릴 때부터 너무나도 많은 지식을 외부, 즉 가정이나 학교에서 배워왔다. 그래서 배우는 것에 익숙하다. 배우지 않으면 어떤 것도 할 수 없다고 생각한다. 남의 것을 빌리지 않으면 아무것도 할 수 없다고 생각한다. 화가가 되려면 반드시 대학에 가야 하고, 음악가가 되려면 반드시 음악을 전공해야 한다고 믿는다. 하지만 대학에서 전공을 하지 못해도 얼마든지 남들보다 더 뛰어난 능력을 발휘하는 사람이 있다. 한 분야의 전문가는 잘 배워서 되는 것이 아니라 남과 다른 자신만의 능력을 발견하고 그것을 잘 끄집어내는 데 있기 때문이다.

최효찬 자녀경영연구소장에 따르면 이미 500년 전에 'educate'를 적용해 3명의 자녀를 인재로 키워낸 어머니가 있다고 한다. 바로 신사임당이다. 자녀들의 '재능'에 따라 맞춤형 교육을 몸소 실천한 것이다. 유달리 총명했고 학문에 재능이 뛰어났던 율곡에게는 글공부를 시켰다. 율곡은 13살 때 장원급제를 하더니 총 9번에 걸쳐 과거시험을 치러 수석으로 합격했고, 후에 성리학의 대가이자 덕망 높은 정치가, 교육자로 성장하게 된다. 막내 옥산 이우와 큰딸 매창에게는 예술적 재능을 발견했다. 어머니의 'educate'적 교육 덕에 옥산 이우는 시·서·화와 거문고에 모두 능통하여 사절(四節)의 반열에 오르게 된다. 또 큰딸 매창은 시문과 그림에 빼어난 재주를 보여 '작은 사임당'으로 불렸다.

세계 인구 비율의 0.2%에 불과하지만 하버드대학생의 30%, 노벨상 수상자의 30%를 차지하는 유대인 역시 'educate'적 발상에서 자녀를 가르친다. 유태인 교육의 핵심은 질문과 토론과 논쟁을 중심으로 하는 하부루타 교육이다. 둘 이상이 짝이 되어 자기 주도적으로 하나의 주제에 대해 끊임없이 토론하고 논쟁하면서 최종결론을 도출해내는 공부법이다. 물론 토론의 주제는 주로 책을 통해서 얻지만 누군가 만들어놓은 결론을 주입하는 것이 아니라 토론과 논쟁을 통해서 자기 안에 있는 자기 고유의 지혜를 끄집어낸다. 주어진 정답이 아닌 내가 생각하기에 최고의 결론을 이끌어내는 것이다.

마찬가지로 좌뇌식 독서, 즉 주입식 독서를 극복하기 위한 좋은 방법이 에듀케이트식 독서다. 이 방법은 책을 '정답'으로 바라보는 우를 극복하게 해주고, 근본적인 삶의 변화를 이끌어내는 최고의 독서법이다.

03

읽었으면 표현하라

이제는 공감하며 소통하는 감성이 아빠에게 절실히 필요하다. 책에 등장하는
사례나 이야기에 감성적으로 반응해 보자.

독서는 눈이나 입으로 하는 것이 아니
다. 독서는 뇌로 하는 것이다. 독서를 통해서 가장 큰 변화를 겪는 것
은 바로 뇌다. 미국의 신경생물학자 로저 스페리 교수는 좌뇌와 우뇌
의 역할이 각각 다르다는 것을 실험을 통해서 증명함으로써 노벨의학
상을 수상했다. 우뇌는 이미지적 사고를 하며 감성적이고 직관적인 데
반해 좌뇌는 지성, 이성, 논리성, 객관성, 합리성이 강하다는 사실을
밝혀냈다. 그런데 인간은 태어날 때 어떤 뇌가 더 발달해 있을까? 논
리적인 좌뇌보다는 창의성을 담당하는 우뇌적 기질이 강하다고 한다.

"아이들은 모두 예술가다." - 피카소

주로 우뇌를 사용하던 아이들은 학교교육을 받으면서 좌뇌가 발달하게 된다. 그러면서 학습능력도 생기고 논리력을 갖게 된다. 이성적인 인간으로 변모한다. 좌뇌식 교육 자체는 문제가 없다. 그러나 거기서 그치면 주입된 생각의 굴레를 벗지 못한 사람이 되고 만다. 그래서 어른이 된 우리는 독서를 할 때도 좌뇌식으로 한다. '좌뇌식으로 독서한다'는 말은 글자를 읽을 때 한 글자씩 읽는다는 말이다. 예컨대 '나는 내 아버지의 사형집행인이었다'는 문장이 있다면 '나.는.내.아.버.지.의.사.형.집.행.인.이.었.다'라고 기계적으로 띄어 읽는다는 말이다. 독서가 익숙하지 않은 탓도 있겠지만 내용을 꼼꼼히 이해하려다 보니 벌어지는, 웃지 못할 일이다. 좌뇌식 학습이나 독서가 나쁜 것은 아니다. 문제는 우뇌가 방치된다는 사실이다. 좌뇌만 쓰다 보니 우뇌는 그 사이 잠을 자고 있다. 그 결과, 감성과 상상력, 창의력을 담당하는 우뇌는 퇴화되고 당신의 창의력, 즉 표현능력은 바닥으로 떨어지게된다.

〈새로운 미래가 온다〉의 저자 다니엘 핑크는 좌뇌의 시대가 저물고 있다고 적었다. 대량생산으로 삶이 풍요롭게 되면서 먹고사는 문제에서 벗어나 아름다움, 즉 디자인이 더 중요해진 시대가 되었다는 말이다. 컴퓨터와 인공지능의 발달로 분석적이고 논리적인 일은 더 이상인간이 감당할 필요가 없어졌다. 그래서 그는 미래 시대 필요한 인재는 우뇌적 사고를 하는 사람이라고 주장한다. 나아가 그는 우뇌적 사고를 하는 사람에게는 6가지 능력이 있다고 설명한다. 디자인, 스토리, 조화, 공감, 유희, 의미가 그것이다.

우뇌식 독서는 시대의 요청이다. 해도 되고 안 해도 되는 것이 아니다. 반드시 해야만 시대적 요청에서 뒤처지지 않는다.

그렇다면 우뇌식 독서는 어떻게 하는 걸까?

흔히들 정독을 좌뇌식 독서, 다독을 우뇌식 독서로 구분한다. 다만 이 구분에는 한 가지를 간과하면 안 되는 게 있다. 이 두 가지 방법은 접근법이 다른 개별적인 방법이 아니라 순서를 나타낸다는 사실이다. 즉 우뇌식 독서 이전에 먼저 좌뇌식 독서(정독)가 선행되어야 한다. 정독 습관을 통해 타인의 것을 흡수한 뒤 어느 정도 '독서습관'이 생기면 다독으로 넘어가면서 우뇌독서를 시행한다. 우뇌독서 단계에서는 내 안에 있는 것을 적극 끄집어내는 것이다.

좌뇌식 독서는 수동적인 독서다. 반면 우뇌식 독서는 능동적인 독서다. 텍스트에 적극 참여하면서 내 목소리를 내면서 내 안의 것을 끄집어내는 것이다. 사람은 표현본능이 있다. 말하고 싶고 표현하고 싶어진다. 사람마다 다르지만 시로 노래로 연설로 글로 미술로 표출된다.

당신이 분석적이고, 계산적인 이유가 우뇌의 방치 때문이라고 한다면 틀린 말일까? 어렸을 때 스케치북에 그림을 그리던 아이는 지금 어떤 사람이 되었나? 노래만 틀면 일어나 춤을 추고 노래하던 그 아이는 지금 100만 원, 200만 원 계산기를 두드리는 데만 반응하지 않는가?

아빠라서 그렇게 되었다면 이제 아빠라서 달라져야 한다.

그 해답이 우뇌독서다. 우뇌는 관계를 달라지게 만든다. 아내의 헤어스타일 변화를 단숨에 파악하는 직관력을 키우려면 우뇌가 활성화되어 있어야 한다. 우뇌의 패턴 인식력은 정보를 이미지화하여 머릿속에 그림 형태로 기억, 필요할 때 꺼내 쓰는 능력이 있기 때문이다. 부모에게 잘 보이고 싶은 아이의 마음을 알아차리려면 공감을 하는 우뇌가 활성화되어 있어야 한다. 우뇌는 경쟁이나 비교의 뇌가 아니라서 아이의 마음을 있는 그대로 바라볼 수 있도록 도와준다. 아이의 아픔을, 아내의 고통을 같이 느낄 수 있다. 그래서 우뇌가 활성화된 사람들은 눈물도 많다. 글을 읽을 때 우뇌가 자극을 받으면 감동이 일어난다고 한다. 한마디로 책을 읽으며 눈물을 흘리는 것은 우뇌의 작용이라는 설명이다. 아빠들아, 책을 보며 운 적이 있는가.

아빠들은 감정을 드러낸 기억이 별로 없다. 웃으면 가벼워보인다, 얄잡힌다며 웃음도 강탈당하고, 울면 기집애 같다, 약해 보인다며 눈물도 빼앗겼다. 더욱이 학창시절 좌뇌 교육을 받으며 우뇌는 고아원 소년처럼 내버려졌다. 학년이 올라갈수록 좌뇌를 활용한 학습은 많아지고 상대적으로 우뇌를 자극하는 교육은 멀어져갔다. 그래서 당신이 아이들로부터, 아내로부터 멀어졌다면 과장일까? 아빠들이 먼저 우뇌식 독서를 시작해야 한다.

우뇌독서에는 6가지 방법이 있다. 감성 키우기, 창의성 키우기, 예술성 키우기, 글쓰기, 통합사고, 묵상이다. 책을 읽고 그치는 것이 아니라 6가지 추가적인 활동을 통해 독서를 완성하는 것이다.

이성은 아빠에게 충분하다. 이제는 공감하며 소통하는 감성이 아빠에게 절실히 필요하다. 책에 등장하는 사례나 이야기에 감성적으로 반응해 보자. 먼발치에서 불구경 하는 심정이 아니라 내 이야기처럼 참여하는 것이다. 그렇게 자꾸 감정이입을 통해서 주인공이나 화자, 저자의 목소리에 감응해야 한다.

또한 아빠는 조직 내에서 시키는 것에만 익숙한 뇌를 가지고 있기에 틀을 깨는 창의적인 뇌가 부족하다. 창의적인 뇌는 의심을 통해서 피어난다. 의심하는 마음도 갖고 책을 읽어야 한다.

또한 아빠는 자신의 생각을 표현하는 것이 필요하다. 아빠는 가정에서도 직장에서도 자기표현의 기회가 많지 않다. 그러기에 자신의 생각을 글로 표현하는 것이 좋다.

또한 아빠는 주어진 자극에만 반응하는 것이 아니라 스스로 자신을 보고 주변을 보고 상대를 살필 수 있는 통합적인 사고가 있어야 자녀들이나 아내와의 대화가 즐거워진다. 책의 내용을 일상에 적용해 보는 시간을 가지면 좋다.

마지막으로 아빠는 가정에 대한 책임이 남다르다. 그러기에 몸도 바쁘지만 마음이 더욱 무겁고 바쁘다. 그래서 아빠의 바쁜 하루 동안 잠시 멈추는 시간이 필요하다. 책을 읽었다면 멈추는 시간을 가져보자. 이 잠깐의 시간은 오늘을 돌아보고 내일을 여유 있게 준비하도록 도와준다. 최고의 방법이 묵상이다.

04

아빠들아, 책을 읽으면서
울어본 적이 있는가?

집에 혼자 있는데 갑자기 비가 내렸다. 날씨 때문에 짜증스러웠던 마음이 차분해졌다.
커피 한 잔 마시며 조용히 눈감고 빗소리 듣는 게 좋았다.

"이성이 인간을 만들어 낸다고 하면 감정
은 인간을 이끌어 간다." – 장자크 루소

아빠들은 감성보다는 이성이 발달해 있다. 365일 이성적 판단이 필
요한 상황에 놓여 있기 때문이다. 이런 이성적인 아빠에게 절실한 것
은 감성이다. 독서를 통해서 감성을 키울 수 있다. 많은 종류의 책이
있지만 시를 읽는 것이 감성을 키우는 데 가장 큰 도움이 된다. 시를
읽을 때 작가의 의도도 중요하지만 나만의 의미로 재해석해보려는 시
도가 좋다. 시를 직접 써보는 것도 좋은 방법이다. 나아가 음악이나 미
술에도 관심을 가지면 좋다. 음악을 듣지만 말고 가사와 멜로디를 느
껴보자. 미술작품도 감상할 기회를 많이 가져본다. 시와 음악과 미술

자체가 감성을 키우는 것이 아니라 이를 음미하고 느끼고 나만의 해석이 될 때 감성이 자란다. 시나 음악 그리고 미술을 감상하기 위해서는 제일 먼저 '느림의 미학'이 필요하다. 여유가 있어야 한다. 속도전으로 살아오던 삶에서 한 발 벗어난다. 서울대학교 조국 교수도 〈지식인의 서재〉에서 시에 대해서 이렇게 말했다.

"소중한 것을 되찾고 싶어 선택한 것이 시다. 시를 다시 읽게 되면서 얻는 것이 많다. 잠시 묻어 두었던 감성을 불러냈고 법과 제도의 울타리 속에서 건조해진 자신을 뒤돌아보게 되었다. 무엇보다 즐거운 일은 사람에 대해 다시 보게 되었다."

조국 교수는 시를 통해서 감성뿐 아니라 자신을 보는 시각을 바꿨고 사람을 보는 시각을 바꾸게 되었다고 말하고 있다. 늘 곁에 있는 사물과 사람을 시인은 다르게 보고 다르게 해석한다. 내가 보지 못했던 것을 보는 능력이 생긴 것이다. 아빠들에게 이러한 감성이 필요하다.

시를 읽을 때는 〈다시 책은 도끼다〉의 박웅현 저자가 말하는 방법을 써보면 좋다.

"시를 4D로 읽으라는 거예요. 2D로 읽지 말고 문장을 일으켜 세워서 바람도 느끼고, 물방울 튀는 것도 느끼면서 읽으라는 거죠. 그래서 시를 일으켜 세우라고 표현한 겁니다."

이렇게 하려면 빨리 읽고 넘어가서는 안 된다. 그 자리에 멈춰 서서 문장이 살아 있는 그 무엇으로 다가올 때까지 들여다보아야 한다. 우리는 늘 새로운 것에 열광한다. 스마트 폰이 새로 출시되면 열광한다. 그 폰을 손에 넣어야 행복함을 느낀다. 하지만 우리 주변에 늘 머물고 있는 평범한 사물에서 삶의 즐거움을 느끼는 것이 중요하다고 박웅현 저자는 말하고 있다. 심지어 그는 그것이 인생의 목표라고 말했다.

신윤복 선생님도 〈담론〉에서 시야말로 세상을 풍요롭게 자유롭게 전달하는 매개체라고 말했다.

그는 세계에는 두 개의 인식 틀이 있다고 말했다. 문사철과 시서화가 그것이다. 문사철은 이성훈련 공부, 시서화는 감성훈련 공부라고 했다. 문사철은 문학, 역사, 철학을 의미하는데 우리는 문사철이라는 완고한 이성의 인식 틀에 갇혀 있다는 주장이다. 이러한 인식 틀을 시서화로 깨뜨리는 것이 공부의 시작이라고, 신육복 선생은 말한다. 그는 시서화에 락(樂)을 덧붙여 시서화락을 말했다. 시와 서가 문자이면서 문자적 의미를 뛰어넘는 것이라면 화와 락은 아예 문자가 아니라 빛과 소리라고 말했다. 시서화락이 세계를 훨씬 더 풍부하게 담고 자유롭게 전달한다는 것이다.

아빠가 시를 감상한다는 것은 지금의 틀을 벗어나 좀 더 큰 세계의 인식 틀 속에 들어가는 것을 말한다. 시는, 마음은 있지만 표현하지 못하던 아빠가 자신의 생각과 마음을 좀 더 잘 전달하고 표현하도록 도와준다. 암송할 수 있는 시가 한 편만 있어도 지금의 삶이 조금은 풍요로워질 것이다.

논어에도 음악과 시에 대한 이야기가 있다.

"음악은 배워 둘 만한 것이다. 처음 시작할 때는 여러 소리가 합하여지고 이어서 소리가 풀려 나오면서 조화를 이루며 음이 분명해지면서 끊임 없이 이어져 한 곡이 완성되는 것이다."

"시를 통해서 순수한 감성을 불러일으키고 예의를 통해 도리에 맞게 살아갈 수 있게 되며 음악을 통해 인격을 완성한다."

"애들아 왜 '시'를 공부하지 않느냐? 시를 배우며 감흥을 불러일으킬 수 있고 사물을 잘 볼 수 있으며 사람들과 잘 어울릴 수 있고 사리에 어긋나지 않게 원망할 수 있다. 가까이는 어버이를 섬기고 멀리는 임금을 섬기며 새와 짐승과 풀과 나무의 이름에 대해서도 많이 알게 된다."

공자도 음악은 더불어 살아갈 수 있는 조화로움을 알려준다고 말하고 시를 통해서 인격이 완성된다고 했다. 그리고 시를 통해서 사람과 사물을 잘 볼 수 있고 함께 어울릴 수 있는 사람이 된다고 말한 것이다. 시는 단순히 음미하는 것에 불과한 것이 아니라 인격과 소통의 기초가 된다. 자녀와의 대화가 단절된 이 시대에 아빠들에게 시는 자녀와 소통의 다리가 될 것이다.

나는 틈만 나면 시를 쓴다. 풍경을 보면서 주변의 사람들을 생각하고, 내면의 갈등과 고민을 떠올린다. 자녀를 보며 떠오른 생각이나 아내와의 갈등과 행복을 모두 시로 표현한다. 그리고 이렇게 만든 시에 멜로디를 붙여 노래를 만든다.

　내가 쓴 시 한 편을 소개한다. 이번 여름은 길기도 하고 무척 무더웠다. 가만히 앉아만 있어도 등줄기에 땀이 흘러내릴 정도였다. 주말 오후였던 것 같다. 집에 혼자 있는데 갑자기 비가 내렸다. 날씨 때문에 짜증스러웠던 마음이 차분해졌다. 커피 한 잔 마시며 조용히 눈감고 빗소리 듣는 게 좋았다. 빗소리는 나의 생각을 자극했고 나도 모르게 나만의 노래를 흥얼거리고 있었다. 나만의 시를 쓰게 된 것이다.

비 오는 오늘 그날

창가에 부딪히는 빗소리 들으면
내 마음이 차분해지네
햇빛 비치는 화창한 날도 좋지만
빗소리 들으며 커피 한 잔의 여유로움도 좋다

나만의 시간으로 가장 좋은 날
비 오는 오늘 그날
고독의 멋을 느낄 수 있는 날
그날 비 오는 오늘

창가의 빗소리에 조용히 눈감으면

내 마음도 눈을 감아요

누군가와 함께하는 시간도 좋지만

빗소리 들으며 홀로 노래하는 즐거움 좋다

나만의 시간으로 가장 좋은 날

비 오는 오늘 그날

고독의 멋을 느낄 수 있는 날

그날 비 오는 오늘

05

창의성 개발은 아이의 몫?

창의성은 절대로 어린이의 전유물이 될 수 없을 뿐 아니라 오늘을 살아가는
어른에게도 생을 누리기 위한 필수적 요건이다.

독서를 하면 집중력, 종합력, 창의력이
생긴다고 한다. 많은 사람들이 오해하는 게, 이 이야기는 어린 학생들
에게만 해당되는 것으로 여긴다는 점. 그러나 독서를 하면 어른 아이
가릴 것 없이 이 3가지 능력을 기를 수 있다. 특히 이 3가지 가운데 유
독 아이들의 전유물로 여겨지는 창의성 계발이 가능하다는 말이다.

창의성을 아이들의 전유물로 보는 이유는 그 단어의 의미 때문이
다. 영어로 창의성은 'create'라는 단어와 연관되어 있다. 여기서
'cre'는 라틴어로 "새로운 것을 만들어내다, 창조하다"라는 의미와 함
께 '자라다'라는 의미도 있다. 창조라는 것은 성장의 의미가 내포되어
있는 것이다. 지금의 모습보다 더 나은 모습으로 발전한다는 것이 창
조라는 말이다. 그래서 어리고 젊으며 가능성이 있는 아이들에게만 적

당한 단어일 것 같은 느낌이 든다.

하지만 성인이 된 아빠도 성장이 가능하다. 90세를 훌쩍 넘긴 파블로 카잘스는 노년의 나이에도 첼로 연습을 그치지 않았다. 제자들 눈에는 그게 신기했다. "선생님, 아직도 연습하십니까?" 그러지 파블로 카잘스가 대답했다. "나아지고 있는 한 연습해야지."

우리는 노년에 이르러서도 끝없이 성장하는 사람들을 알고 있다. 그들의 관점에서 말하면 나아지고 있는 한 성장하려는 노력은 반드시 필요하다. 어제와 똑같은 눈으로 오늘을 사는 것은 이미 죽은 사람과 무엇이 다른가. 새롭지 않다는 말은 정체되어 있다는 말과 다름이 없다. 기준과 틀에 얽매이다 보면 더 이상 발전이 없다. 갈수록 사물에 대한 판단력은 빨라지지만 세상은 내 판단에서 자꾸만 빗겨간다. 어쩌면 불안감 때문에 과거의 생각에 머무르려는 것일지도 모른다. 지금의 자리를 벗어나면 모든 게 무너질 것 같은 위기의식을 느끼기 때문일지도 모른다. 가정도 친구관계도 경제도 자녀도 다 잃을 것 같다. 새로운 시도가 두려워진다. 그런 생각이 성장을 가로막고, 창의성 개발을 어린아이들의 것으로 치부하도록 만든다.

하지만 창의성은 절대로 어린이의 전유물이 될 수 없을 뿐 아니라 오늘을 살아가는 어른에게도 생을 누리기 위한 필수적 요건이다. 잠깐만 창의성의 정의를 살펴보자.

〈책은 도끼다〉에서 박웅현 저자는 창의성은 발명이 아니라 발견이라고 말했다. 없던 걸 만드는 게 아니라 있던 걸 찾는 것이라는 뜻이다. 그러므로 박웅현의 설명에 따르면 아이디어는 보는 사람의 눈 속에 있다. 특별한 경험이 창의적인 아이디어를 만드는 것이 아니라 일상적인 경험이더라도 어떻게 보느냐가 중요하다는 말이다.

스티브 잡스는 "창의성은 단지 사물을 연결시키는 것이다"라고 말했다. 창의성은 무에서 유를 만드는 게 아니라 이미 있던 것을 잘 연결시키는 것이라고 설명한다.

〈에디톨로지〉의 김정운 작가 역시 "창조는 편집이다"라고 말했다. 기존의 것을 시간과 장소에 맞게 적절하게 편집하는 것이 창조라는 말이다. 뇌 과학자 박문호 박사 역시 "창의성이란 생물학적으로 기존 방법으로 해결되지 않는 상황에서 가지고 있던 기억을 새롭고 독특한 방법으로 조합하는 것이다"라고 말한다.

몇몇 고리타분한 사람들의 정의를 빼면 더 이상 '창의성'을 없는 것을 만드는 것이라고 말하는 사람은 없다. 이들의 말을 잘 살펴보면 '낯선 결합'이 유일한 창의력의 원천이다. 낯선 것을 결합하려면 우선 재료가 많으면 유리하지 않겠는가. 아이보다 성인이 유리한 이유가 되기 때문이다.

〈메모습관의 힘〉의 신정철 저자는 창의성을 높이는 방법 2가지를 제시한다. 하나는 연결에 사용할 수 있는 생각의 재료를 늘리는 것이고 다른 하나는 생각이 서로 부딪혀 연결될 수 있는 환경을 만드는 것이라고 말했다. 생각의 재료를 늘리는 것은 다양한 독서를 통해서 가능하다. 마틴 런코 교수는 "창의적 생각은 갑자기 생기는 것이 아니다. 책을 통해 얻은 지식과 개인의 경험이 쌓여서 창의적인 발상을 통해 생기는 것이다"라고 말하고 있다.

책에는 많은 이들의 지혜와 경험이 담겨 있다. 1권의 책에는 적어도 한 저자가 수십 년 쌓아온 지식과 경험이 담겨 있기 때문에 발효가 끝난 지혜를 들을 수 있다. 이제 막 탄생한 따끈한 정보가 아니라 장시간 검증을 마친 정보이므로 이보다 더 좋은 재료가 어디 있겠는가? 이런 재료를 나의 생각과 결합시키는 것만으로도 창의성은 피어나고 'CREAT'라는 단어의 어원처럼 성장이라는 열매를 가져온다. 독서 행위 자체가 창의성과 밀접하게 연결되어 있다는 말이다.

헤밍웨이는 존 던의 시 한 편을 보고 감동을 받은 나머지, 지금까지 그가 써왔던 스타일과는 전혀 다른 소설 〈누구를 위하여 종은 울리는가?〉를 썼다고 한다. 그 소설은 〈노인과 바다〉와 함께 가장 헤밍웨이답지 않은 소설 가운데 하나로 꼽힌다. 이 소설의 탄생은 '헤밍웨이'와 '존 던의 시'의 결합이 촉발했다고 보면 틀린 말은 아니다. 칸트의 〈순수이성비판〉은 쇼펜하우어, 헤겔, 앙리 베르그손 등의 수많은 철학자에게 영향을 미쳤다. 후배 철학자들은 〈순수이성비판〉이라는 재료를 통해 한 차례의 성장을 이룩한 것이다.

나는 책을 읽기 전과 읽은 후의 내 모습이 달라짐을 종종 경험한다.

이전까지 나에게 주어진 일에만 최선을 다하는 사람이었다. 뭔가 새로운 도전은 나에게 어울리지 않는 사람이었다. 하지만 독서를 하고 난 지금 나는 이렇게 책을 쓰고 있다. 날마다 글을 쓰고 있다. 시를 쓰고 있다. 노래를 만든다. 시대의 패러다임을 바꾸고 경제적인 부를 손에 넣는 것만이 창의력이 아니다. 나의 일상과 생각이 바뀌는 것이 창의력의 힘이다. 이전까지는 나의 밖에 있는 것을 추구하며 살았는데 지금은 내 안에서 흘러나온 나의 글과 시 덕분에 행복하다. 유명 가수의 멋진 노래보다는 못하겠지만 내가 직접 만든 노래를 듣는 것이 더 행복하다.

내 마음이 전보다 넓어지자 자녀나 아내를 바라보는 나의 눈도 바뀌었다. 이것이 마흔의 내 나이에 맞는 진정한 창의성 개발, 즉 성장이 아닐까? 아빠들이 숨은 창의력을 발휘하면 아빠의 인생을 비롯하여 가정까지 모든 게 달라진다.

≋06≋

그들은 왜 예술가가 되었을까?

자신이 좋아하고 잘할 수 있는 분야에서 경험을 쌓으며
'자기 주도의 인생 로드맵'에 따라 살아간다면 한 분야의 으뜸이 될 수 있을 것이다.

지금은 자기표현 시대다. 많은 사람들이 SNS를 통해서 자신의 일상을 포스팅하며 살아간다. 하지만 내가 보기에는 이것은 진정한 자기표현이 아니고 단지 자랑하고픈 일상의 노출이다. 보여주기 위해 인위적으로 만든 이미지인 경우가 많다. 이 때문에 오히려 진정한 자신의 모습은 뒤로 숨는다. "SNS 허세 속 사진들의 진실"이라는 제목으로 검색해보면 태국의 사진작가 '촘푸 바리톤'이 인스타그램 속 멋진 사진들의 민낯을 풍자해놓은 걸 볼 수 있다.

쇼윈도적인 삶은 지양하자. 타인의 시선이라는 감옥에 갇혀서 살지 말고 꾸미지 않은 자기 얼굴을 가감없이 드러낼 때다. 남에게 보여주기 위함이 아니라 스스로 만족스럽고 즐거움을 주는 '내 얼굴'을 드러낼 수 있어야 한다.

〈나는 아내와의 결혼을 후회한다〉, 〈남자의 물건〉이라는 파격적인 제목으로 인기를 누린 김정운 교수는 최근 〈가끔은 격하게 외로워야 한다〉라는 책을 출간했다. 책을 보면 현재 그는 교수직을 그만두고 일본에서 미술을 배우고 있다. 모두들 미쳤다고 손가락질 하지만 자신이 정말 하고 싶은 일이 미술이었다고 고백한다. 그는 지금까지 심리학 교수라는 신분으로 글을 쓰고 강연하며 자신의 모습을 표현했다면 이제 그는 화가가 되어 그림으로 자신을 표현하고 살고 있다. 김정운의 내면에는 '심리학 전문가' 외에도 화가로서의 능력이 잠재하고 있었지만 그동안 이 능력을 끄집어 내지 못했던 것이다. 그러나 재능과 관심은 자연스럽게 수면 위로 떠올랐다. 지금 그는 진정한 자기표현의 길을 찾아서 한발 한발 내딛고 있다.

에듀케이션그룹 ㈜쎄듀의 대표이사이자 메가스터디 영어 영역 대표강사, 메가잉글리시 토익 대표강사, 중등 부분인 엠베스트 영어 강사인 김기훈 대표는 2016년 상반기까지 누적 유료수강생 170만 명을 넘는 등 영어 강사 가운데 가장 많은 학생에게 영어를 가르친 기록을 세웠다. 그가 집필한 〈천일문〉, 〈어법끝〉, 〈어휘끝〉 등 다수의 영어 교재는 교보문고, YES24 등 온라인과 오프라인 서점 외국어 학습 부문 베스트셀러에 올라 있다. 특히 〈천일문 시리즈〉는 200만 부 이상이 판매되며 외국어 학습의 최강자로 자리를 잡고 있다. 현재 김기훈 대표는 주요 대학과 고교에서 영어 특강 및 명사 특강을 하고 있으며 TV,

라디오, 신문 등 각 매체를 통해 효과적인 영어 학습법에 대해 강의한다. 그는 〈나는 나의 의지대로 된다〉라는 책을 출간하며 청년에게 메시지를 전했다.

"자신이 좋아하고 잘할 수 있는 분야에서 경험을 쌓으며 '자기 주도의 인생 로드맵'에 따라 살아간다면 한 분야의 으뜸이 될 수 있을 것이다."

"무슨 일이든 성과를 내기 위해서는 과정이 편할 수 없기 때문에 작은 목표에 대한 성취감이라도 삶의 동력으로 삼아야 한다."

그를 주목하는 이유 중에 하나는, 그 역시 노래를 만든다는 사실. 그는 수능시험으로 지쳐 있던 학생들을 위해 직접 가사를 써서 수능 대박송을 만들었다. 매년 학생들을 모아놓고 콘서트를 열며 수능 대박송을 직접 부른다.

김기훈 대표의 아내 김진희 씨도 현재 영어교재 전문출판사 ㈜세듀의 공동대표이사로 있으면서 〈홀로 서는 젊음이 아름답다〉라는 책을 펴냈다. 인기 스타의 성공에는 탄탄한 매니지먼트가 필수 요소인 것처럼 김기훈의 성공 뒤에는 10년 가까이 한결같은 조력자 역할을 해온 아내 김진희 씨가 있었다. 그녀 역시 얼마 전까지 강남 지역에서 '잘 나가는' 억대 연봉 영어 강사로 활동했는데 외교부 공보실 동시 통역사를 지낸 실력파 스타 강사였다. 그의 책을 살펴보면 역시 흥미로운 대목과 만난다. 그녀는 그림을 못 그리는 사람이었지만 어느 날 그림을 그리면서 자신을 표현하기 시작했고 개인전을 열 만큼 실력이 급성장했다고 기록한다. 영어강사에서 사업가로, 사업가에서 저자로 그리고 화가로 활동 영역과 표현 영역을 넓히고 있는 것이다.

10억 연봉 스타강사인 김미경 씨도 마찬가지다. 그녀는 연세대 작곡과를 수석 입학했고 대학졸업 후 피아노 한 대만 가지고 피아노 학원을 시작했다. 시작한 지 2년 만에 수강생을 5명에서 200명으로 늘리며 월 천 만원을 받는 강사가 되었다. 하지만 김미경 씨는 스물아홉의 나이에 돌연 스피치 강사가 되겠다며 진로를 바꾼다. 2006년 MBC 〈기분좋은 날〉을 시작으로 시간당 3만원 강사에서 연봉 10억 원을 받는 스타 강사가 되었다. 김미경 씨는 〈언니의 독설〉, 〈드림 온〉 등의 책을 집필하고 외부 강의 활동을 하면서 유명세를 타기 시작했다. 얼마 뒤 그녀는 자신의 이름을 딴 고정 프로그램(tvN) '김미경 쇼'에 출연하며 절정의 인기를 구가했다. 하지만 2014년 〈살아 있는 뜨거움〉이라는 에세이로 다시 돌아오기까지 논문표절 논란으로 힘든 시간을 보내기도 했다. 이 책은 그간의 고통을 극복하고 새로운 시작을 알리는 잔잔한 에세이였다. 자기계발서만 써 왔던 그녀가 에세이로 분야를 확장한 것이다. 2016년에도 그녀는 에세이 〈김미경의 인생미답〉을 펴냈다. 이 책은 〈김미경의 있잖아…〉 중 화제를 모았던 55개의 이야기와 15개의 새로운 이야기를 더해 총 70개의 에피소드를 묶은 것이다.

이 책에도 흥미로운 대목이 등장한다. 어느 날 배운 적도 없는 의류디자인을 하게 되었다는 내용이다. 취미로 하나 둘씩 만들었던 옷은 어느새 200벌 이상이 되었다. 결국 패션디자이너 김미경이 되어 '리리킨'이라는 상표까지 등록했다. 음악을 통해 사회에 첫 발을 내디뎠던 그녀는 강의와 저서를 통해서 자신의 표현수단을 넓혔고, 이제는 패션디자인이라는 분야로 한 걸음 더 내디뎠다.

사람에게는 자신만의 표현방식이 있다. 기존의 표현방식과 전혀 다른 모습이 우리 안에 잠재되어 있다. 자기만의 표현을 사람들은 예술이라고 말한다. 독서는 우리에게서 사라져 버린 예술본능을 끄집어내주는 역할을 한다. 사람은 아이 시절 모두 예술가였다. 아이들은 말이 서툴 뿐이지 그림을 그리고 노래를 부르고 울고 웃으며 자기를 표현한다. 단지 시간이 지나면서 입시와 성적 때문에 예술본능이 사라질 뿐이다. 우리가 일깨워야 하는 예술적 감성은 없던 것을 가져오자는 게 아니다. 펜을 들 수 있는 사람은 누구나 그림을 그릴 수 있고, 오디션 프로그램을 볼 수 있는 사람은 누구나 노래를 흥얼거릴 수 있다. 나는 늦은 나이에 장구를 배우고, 기타를 배우고, 노래를 하는 어르신들을 알고 있다. 왜 나이가 들면 사람은 아이처럼 되는가? 예술적 본능이 되살아나기 때문이 아닐까. 책은 어쩌면 예술적 본능을 일깨우기 위한 수단인 것인지도 모른다. 말을 하다 보면 노래가 되는 것은 자연스런 순리요, 글을 쓰다 보면 시나 가사가 되는 것은 물이 아래로 흐르는 것과 같은 듯하다. 책을 읽었으면 뭐라도 좋다. 하다못해 웃거나 울어도 좋다. 당신을 표현하길 바란다.

07

내 인생에 한 권쯤 책을 쓰면 좋겠다

물론 글쓰기란 쉬운 일이 아니다. 하지만 하루에 한 줄씩 접근해 보자. 나의 느낌을
한 줄로 매일 표현하는 습관을 갖는 것이 글쓰기의 시작이다.

미국의 교육은 토론과 발표 그리고 글쓰기로 정리할 수 있다. 미국 교사들은 글쓰기의 방법과 구성을 정형화시켜서 학생이라면 누구나 자신의 생각을 적절하게 표현하도록 가르친다.

토플에세이시험을 봐도 그 틀이 일정하다. 먼저 논지에 대한 자신의 생각을 정리하게 하고 본론에서는 그렇게 생각하는 이유를 근거를 들어 하나씩 설명하고 결론에서 다시 한 번 자신의 논지를 펼치게 한다. 우리가 알고 있는 '서론 본론 결론'의 글쓰기다.

하지만 우리나라는 상황이 다르다. 자신의 생각을 글로 쓰는 것을 많이 힘들어한다. 글쓰기는 특별히 재능 있는 사람만 할 수 있다고 생각한다. 나 또한 가장 힘들었던 것이 글쓰기였다. 한 줄 쓰고 나면 다

음에 무엇을 써야 할지 막막했다. 짤막한 시 한 편은 쉽게 쓸 수 있다. 하지만 A4 한 바닥을 다 채우기는 너무나도 버거웠다. 독서노트를 기록하면서 요약은 어느 정도 가능해졌다. 하지만 나의 생각을 일목요연하게 장문의 글로 정리하는 일은 다른 차원이었다.

글쓰기로 자신을 표현하는 방식에는 2가지 있다. 하나는 자신의 일상을 그대로 적는 일기 형식의 글이다. 사건이나 시간 중심으로 나열하기 때문에 주요 사건을 시간 순으로 적으면 그만이다. SNS 미디어의 글이 대부분 이 형식을 따른다. 또 다른 하나는 특정 사건에 대한 나의 생각과 의견을 적는 글이다. 이러한 글에는 논리력과 표현력이 필요하다. 논리력과 표현력이 갖춰진 글은 독자를 울고 웃게 만들며 행동에도 변화를 일으킨다.

우리에게 필요한 것은 일기가 아니라 설득력을 갖춘 공감의 글쓰기다. 누구나 할 수 있는 사건의 나열방식으로 시작해서 나의 생각을 정리하고 표현할 수 있는 글쓰기로 발전시켜 나가자.

평범한 회사원이었던 신정철 작가는 '왜 적어야 하나? 2년간 노트를 쓰며 내게 일어난 변화' 라는 글과 '회사생활이 편해지는 업무 노트 습관' 이라는 두 편의 글로 인생이 바뀐 사례다. 그가 올린 글은 페이지뷰가 44만을 넘겼고 30만 명의 유저가 방문했다. 그는 단 두 편의 글로 '메모의 달인' 으로 불리기 시작했고 〈메모습관의 힘〉이라는 책의 작가가 되었다.

남들이 부러워하는 대기업에서 평범한 직장생활을 하며 남부럽지 않았던 서울 생활을 청산하고 어느 날 갑자기 회사를 그만두고 3년 동안 부산의 한 도서관에서 1만 권의 책을 읽고 현재까지 50여 권의 책을 출간한 이도 있다. 그가 바로 긴병완 작가이다. 그는 책쓰기라는 도구를 통해서 자신을 표현하면서 새로운 인생길로 접어들었다. 그의 책은 평범한 사람도 독서를 통해 글을 쓸 수 있다는 희망을 안겨주었다.

부모의 사랑을 받지 못하고 자란 오토바이 폭주족이 있다. 모두 실패한 인생이라며 낙인찍은 그 사람은 군대에서 처음 책을 접하고 독서 일기를 쓰면서 인생이 달라졌다. '초인 용쌤' 이라 불리며 '어썸 피플' 이라는 카페를 운영하고 있는 유근용 작가이다. 독서일기와 플래너 그리고 블로그와 인터넷 카페를 통해서 글쓰기를 시작한 또 하나의 사례다. 그는 얼마 전 〈일독일행 독서법〉이라는 책으로 베스트셀러 작가가 되었다. 그의 인생 역전은 모든 이에게 희망이 되고 도전이 되고 있다.

신영복 교수는 〈담론〉이라는 책에서 인간의 정체성이 소비가 아니라 생산을 통해 형성된다고 말한다. 신정철 작가는 그의 책 〈메모습관의 힘〉에서 '느낌표만 있는 삶은 공허하다. 비록 감탄하는 그 순간은 행복할지 몰라도 내 삶의 가치는 달라지지 않는다' 라고 말한다. 그러면서 그는 다짐했다고 한다.

"남들이 만든 것을 소비만 하고 있는 삶에서 벗어나자."

"남들의 창작물에 감탄만 하지 말고 내 것을 만들자."

물론 글쓰기란 쉬운 일이 아니다. 하지만 하루에 한 줄씩 접근해 보자. 나의 느낌을 한 줄로 매일 표현하는 습관을 갖는 것이 글쓰기의 시작이다. 산문을 쓴다고 생각하면 부담이 될 수도 있으니 시를 쓴다고 생각하자. 그러면 아빠의 우뇌가 발달하게 되고, 조금씩 긴 글로 들어갈 수 있다. 그렇게 모인 글들이 책이 된다는 것은 우리가 다 아는 사실이다.

08

책과 일상의 연결, 통합적으로 사고하라

우리 아이들에게 직관력을 키워주는 게 좋겠다고 생각했다. 직관력은 많은 경험과
노하우가 쌓일 때 가능하다. 그래서 다시 책으로 돌아왔다.

공감의 스토리

좌뇌식 독서가 인풋이라면 우뇌식 독서는 아웃풋이다. 내 머리에
저장된 수많은 서로 다른 정보들을 연결하여 생각해 보고 표현하는 과
정이다. 습관적으로 떠올리기 힘든 가장 먼 곳의 정보를 가져와서 지
금의 일상과 조화롭게 융합하고 통합하는 과정이다. 책을 읽으면서 내
주변의 상황에 대입해 보며 익숙한 삶의 모습을 새롭게 발견하는 과정
이 우뇌식 독서다.

요전 날에 유명강사를 초청하여 학부모를 모시고 고등 및 대학 진
학세미나를 개최한 적이 있다. 그때 강연자를 소개하기 전에 먼저 강
단에 나아가 학부님께 이렇게 말했다.

"세계적으로 유명한 어머니가 있습니다. 바로 맹자의 어머니입니

다. 왜냐하면 자식교육을 위해서 세 번이나 이사를 하신 분이기 때문입니다. 하지만 더 훌륭한 어머니가 우리나라에 있습니다. 바로 한석봉 어머니이십니다. 왜냐하면 한석봉의 어머니는 불을 끄고 자신은 떡을 썰고 자녀는 글을 쓰게 하면서 행동으로 몸소 모범을 보이셨기 때문입니다. 이 자리에 참석해주신 부모님은 한석봉 어머니처럼 훌륭한 부모님이십니다."

그 자리에 참석한 학생들에게도 메시지를 전달했다. 중학교 3학년생이 대부분이었기에 집중력이 떨어질 것이 우려스러웠다. 그래서 이렇게 말했다.

"여러분 영화 '관상'을 보셨습니까? 마지막 장면에 관상쟁이 송강호와 한명회가 만납니다. 이때 송강호는 말합니다. '나는 어리석게도 파도만을 바라보았다. 그 파도를 움직이는 것은 바람인데.' 시대의 흐름을 읽지 못하면 지금 하는 공부가 대학과 전혀 상관없는 공부가 될 수도 있습니다. 오늘 파도가 아닌 진학이라는 바람을 보는 시간이 되기를 바랍니다."

우리가 이미 알고 있는 이야기를 그 자리에 맞게 가져와서 공감의 스토리로 만들어내는 것이 '통합적 사고'의 가장 기초적인 방식이다.

다니엘 핑크 박사는 논리와 스토리를 이렇게 구별한다.

"논리는 일반화를 시도하지만 특정맥락으로부터 판단을 내리지 않으며 주관적인 감정을 배제한다. 반면 스토리는 맥락과 감정을 포착한다."

스토리는 정보, 지식, 맥락, 감정 등을 하나의 치밀한 패키지로 압축한다는 말이다. 내가 끄집어낸 '한석봉' 이야기나 '관상'은 누구나 알고 있는 보편적 정보이지만 그 자리에 모인 청중에 맞게 융합하고 재단하여 새로운 맥락 안에서 읽히도록 바꾼 것이다. 조화란 관계를 살피는 능력, 큰 그림을 보는 능력을 말하는데 이는 내 앞에 펼쳐진 현재의 상황을 읽어내는 눈이 있다는 말이다. 조화로움을 가진 상태에서 '공감'이 힘을 발휘한다. 공감은 대표적인 우뇌적 사고로 상대방의 입장을 이해하는 마음이다. 역지사지의 마음으로 상대의 신발을 신어보고 그 사람의 느낌을 직관적으로 이해하는 능력이다. 아빠에게 가장 필요한 것이 공감이다. 공감의 능력은 통합사고에서 나온다. 정치, 경제에만 관심 갖지 말고 정치와 경제를 공감의 스토리를 만들어 자녀들과 대화해 보자.

일상의 고민을 책과 연결시키자

아빠들이 마흔이 되면 새로운 문제를 많이 겪게 된다. 장례식 참석이 늘면서 자연스럽게 죽음과 건강을 생각하게 된다. 부부관계에서도 예측치 못한 많은 갈등을 경험하게 되고, 때로는 관계의 악화로 이혼까지 가는 경우가 벌어진다. 형제 자매들과 재산 다툼이나 관계 소홀로 멀어지기도 한다. 마흔이라는 나이는 그만큼 인생의 아픔과 상처를 겪는 나이다. 이뿐이 아니라 호르몬의 변화로 때 이르게 갱년기를 겪으며 육체적, 심리적 위축을 경험할 수도 있다. 심리학자 칼 융은 마흔의 나이를 사춘기의 고통보다 더욱 심하다고 말한다. 그의 말에 따르면 마흔은 '뿌리부터 흔들리는 심리적 방황기'이다.

나에게는 이러한 긴 터널이 없을 줄 알았다. 남들에게 벌어지는 불행과 아픔이 나만큼은 피해갈 줄 알았다. 하지만 어김없이 나에게도 인생의 슬럼프가 찾아왔다. 아내가 자신의 일로 바빠지면서 소통의 시간이 줄고, 아내에게 서운함을 느끼게 되었다. 답답한 마음에 부부 관계를 개선해준다는 책을 여러 권 구입해서 읽었다. 다행히 많은 위로를 받았다. 그중에 〈5가지 사랑의 언어〉가 있다. 사람마다 사랑의 언어, 즉 표현방식이 다르다는 내용이었다. 그 사람만 반응하는 사랑의 언어를 발견하지 못한 채 내 사랑의 언어로 소통하면 할수록 애정은 줄고 서운함과 거리감은 커진다는 얘기다. 이 책에는 인정하는 말, 함께하는 시간, 선물, 봉사, 스킨십 등 5가지의 사랑의 언어를 꼽으며 배우자가 어떤 언어를 바라는지 체크하라고 알려주었다. 내 아내가 바라는 사랑의 언어는 '함께하는 시간'이었고 내 사랑의 언어는 '인정하는 말'임을 알게 되었다.

〈가족의 두 얼굴〉의 최광현 작가는 가족 문제는 '1+1'이라고 말한다. 여기서 1은 부부 간에 실망과 상처 주는 행동을 말하고 나머지 1은 어린 시절 경험한 부모의 결혼생활과 그때 받았던 상처를 말한다. 아내뿐 아니라 부모, 형제와의 갈등에서 벗어나기 위해서는 상대만 문제라고 생각하기보다는 지금의 행동이 어린 시절 상처에서 비롯된 것임을 공감하고 존중하는 데서 치유가 시작된다고 저자는 말한다.

그의 또 다른 책 〈가족의 발견〉에서는 가족의 문제는 문제의 원인을 찾으려고 애쓰기보다는 문제의 패턴을 찾는 데 집중하라고 말한다. 내가 어떤 말과 어떤 행동에 상처받는지 패턴이 있다는 것이다. 그 패턴이 발견되는 것 자체가 치유의 시작이라고 말한다. 한편 저자는 가족을 힘들게 하는 3가지가 있다고 설명한다. '돈만 벌어 오는 가장', '중독', '무기력'이 그것이다. 돈만 벌어오는 가장은 방관하는 아버지가 될 가능성이 높고 무기력한 아버지는 통제하고 간섭하는 아버지가 될 수 있으며 중독을 가진 아버지는 양쪽 모두가 될 수가 있다는 설명이다.

시모주 아키코의 〈가족이라는 병〉에는 이런 글이 있다.

"가족 사이에는 산들산들 미풍이 불게 하는 것이 좋다. 상대가 보이지 않을 만큼 지나치게 밀착하거나 사이가 너무 벌어져서 소원해지면 가족만큼 까다로운 것도 없다. 고독을 견디지 못하면 가족을 이해할 수 없다. 혼자임을 즐길 수 없으면 가족이 있어도 고독은 즐길 수 없을 것이다. 인간은 혼자라는 것을 인식하고 고독을 즐길 수 있어야 비로소 상대의 기분을 가늠하고 이해할 수 있다. 가족이나 사회 사람들이나 마찬가지다. 가족은 사회의 축소판이 아닌가."

나에게 닥쳐온 문제를 술로 푸는 것은 미봉책에 불과하다. 아빠가 갈등하면 가정의 분위기가 무거워진다. 이제는 기존의 방식으로 스트레스를 풀지 말고 독서로 지금의 고민을 해결해 보자. 주변 사람의 조언도 좋지만 책을 펼치면 지혜로운 사람의 말을 들을 수 있어서 한쪽에 편중된 사고에서 벗어날 수 있게 된다. 무시하고 넘어가는 것은 능사가 아니다. 미봉된 문제는 언젠간 터지고 만다. 또한 갈등이 생겼을 때 책을 펼치는 것은 자연스럽게 통합적 사고를 가능하게 해 주므로 자연스럽게 우뇌적 독서의 효과를 얻는 장점도 있다.

드라마나 영화를 책과 연결시키자

2014년에 대한민국을 들썩이게 한 영화가 있었다. 〈명량〉이라는 영화다. 대한민국 역대 최다관객인 1,700만 명이 영화표를 끊었다. 이 영화는 평소 내가 좋아했던 〈최종병기 활〉의 김한민 감독 작품이어서 기대가 더욱 컸다. 그런데 어느 날 내 스스로에게 질문이 생겼다. '과연 나는 이순신 장군을 알고 있는가?' '이순신 장군의 위인전을 읽어 봤나?' 소설 〈칼의 노래〉나 〈불멸의 이순신〉과 같은 드라마를 봤던 기억은 있지만 역사 속의 이순신 장군에 대해서는 잘 기억이 나질 않았다.

그 길로 김종민 저자의 〈이순신〉을 읽게 되었다. 책을 읽으면서 새롭게 알게 된 사실이 많았다. 예컨대 이순신은 유성룡과 어릴 때부터 이웃에 살며 교우관계를 돈독히 키웠다는 점, 이순신은 덕수 이씨의 12세손으로 율곡 이이와 친척이었다는 점도 흥미로운 사실이었다. 21세에 결혼하고 거의 10년 만인 32세에 무과에 급제했다는 사실, 급제 이후 1년간 보직이 없어 녹봉을 받지 못했다는 사실도 알게 되었다. 그러다가 함경도 오지로 발령받아 여진족과 싸우게 되고, 이때 이순신은 처음으로 명성을 떨쳤다.

이순신은 성격이 워낙 곧아서 불의한 상관과 자주 부딪힌 까닭에 14년 만에 겨우 정읍현감으로 승진한다. 이순신은 그의 친형 두 분이 돌아가시자 그들의 처자식을 거두어 무려 24년간 먹여 살렸다. 유성룡은 47세의 이순신을 전라좌수사로 추천했는데 그때가 임진왜란 발발 1년 2개월 전이었다. 거북선은 전쟁 하루 전에 완성된다. 당시 조선의 주력 전투선은 맹선이었으나 명종 21년에 판옥선으로 교체되었다. 4년간의 강화 교섭 과정 중에 감옥에 이순신은 투옥되었다가 1597년 정유재란 발발, 칠천량 해전에서 원균의 삼도수군이 대패하자 전쟁에 재투입되었다. 아픈 몸을 이끌고 장장 330킬로미터나 되는 전라도를 직접 오가며 조직과 무기를 정비한 끝에 12척의 배로 133척의 적을 무찔렀다. 명량해전이다. 이후 이순신은 고금도에 진을 쳤는데 이곳에 모여든 백성이 1,500명에 달했다. 노량해전에서 전사한 그의 나이는 54세였다.

이순신 장군의 책을 읽고 영화 〈명량〉을 보았다. 영화만 볼 때와는 또 다른 느낌이었다. 영화 속 이순신이 더욱 가깝게 다가왔다. 영화의 대사가 내 마음속에 부딪혀 왔다.

"우리가 이렇게 개고생한 걸 후손들은 알까?"

지금의 우리는 크고 작은 선조들의 희생으로 존재한다. 그러나 나부터도 그들의 고생을 알지 못하였으니 입이 열 개라도 할 말이 없다. 영화 〈암살〉의 마지막 장면에서 오달수가 이런 대사를 한다. '우리 잊지 마.'

영화를 보면서 책을 읽고 영화의 대사를 통해서 나와 시대를 돌아보는 일은 우뇌적 사고다. 나는 〈명량〉을 계기로 역사 영화를 볼 때는 늘 책과 함께 감상했다. 정조대왕을 그린 영화 〈역린〉을 보기 위해서 이덕일의 〈정조와 철인정치의 시대〉를 읽었고 〈관상〉을 보기 위해 세조에 대한 책을 읽었다. 조선시대 도적떼를 배경으로 하는 만든 영화 〈군도〉를 보기 위해 〈민란의 시대〉를 읽었다. 〈덕해옹주〉와 〈인천상륙작전〉도 마찬가지였다.

이런 교차적이고 통합적인 접근은 우뇌적 독서에서 가장 중요한 부분 중 하나다.

알파고와 이세돌

우리 사회의 미래를 보여주는 하나의 큰 사건이 있었다. 인공지공 알파고와 바둑천재 이세돌의 대결이다. 결과는 4:1 참패였다. 인간이 인공지능에게 졌다. 야구경기를 보며 내가 응원한 팀이 졌을 때와 기분이 전혀 달랐다. 나의 미래가 우리 자녀의 미래가 불안해졌다. '과연 미래엔 인간이 설 자리가 있을까?' 라는 의문이 생겼다. 그때부터 미래를 어떻게 대비하는 게 현명한 것인지 고민했다. 나는 미래가 어떻게 펼쳐질지 아무것도 아는 게 없었다.

인공지능 로봇과 4차 산업에 대한 책을 구입했다. 학자들은 지금 시대를 '4차 산업시대' 라고 불렀다. 세계는 이미 4차 산업혁명 단계에 진입했으며 로봇 등의 노동 대체로 일자리가 급감할 것이라고, 세계경제포럼(WEF) 연차총회(다보스포럼)에서 전망을 내놓았다. 〈일자리의 미래〉 보고서에 따르면 로봇과 인공지능(AI) 활용이 확산되고, 세계고용의 65%를 차지하는 주요 15개국에서 2020년까지 5년간 새로운 일자리 200만 개가 창출되는 반면 기존 일자리는 710만 개나 줄어든다고 예측했다. 1차 산업혁명 당시 기계가 인력을 대체해 해고된 노동자들이 기계파괴 운동을 벌였던 상황이 오버랩되는 순간이다. 1차(증기기관), 2차(대량생산), 3차(컴퓨터와 IT)에 이은 4차 산업혁명은 로봇, 인공지능(AI), 사물인터넷(IoT) 등을 통한 기술융합이 핵심이다. 4차 산업혁명의 도래는 IT기술이 일자리를 위협했던 것보다 훨씬 파괴적인 양상을 드러낼 가능성이 크다. 따라서 단순기술직은 일자리를 잃거나 저임금에 처할 수 있고, 로봇과의 경쟁이 본격화된 사무·행정직까지도 치명타를 입을 수 있다고 한다.

새로운 시대는 삶의 수준을 획기적으로 높여 주지만 사회적 불평등과 격차를 심화시키고 노동시장에 공급초과가 만연해 1차 산업혁명기 못지않은 사회 불안을 야기할 수 있다. 다보스 포럼을 창시한 클라우스 슈밥은 "4차 혁명은 자본과 재능, 최고의 지식을 가진 이들에게 유리하다"며 "장기적으로 중산층 붕괴로 이어질 수 있고 민주주의에 심각한 위협요소가 될 것"이라고 경고했다.

이러한 사실을 접하면서 내 자녀가 살아갈 미래에 적합한 교육을 생각하게 되었다. 문제 속에 주저앉아 있지만 말고 변화에 적절한 교육을 실천하는 것이 중요하다고 생각했다. 그래서 자연스럽게 교육 쪽에 관심을 갖게 되었고 지금의 교육 문제를 지적하는 책으로 관심사가 넓혀졌다. 〈학교에 배움이 있습니까?〉의 정현지 작가는 현재의 교육 시스템으로는 다가오는 미래에 적절한 대처를 할 수 없다고 경고하고 있다. 오히려 학교 교육에서 비적응자였던 사람이 성공하기 쉽고, 학교 교육에 적응하는 자는 사회에서 도태될 수 있다고 주장한다. 학교에서 칭찬받는 모범생들이 더 큰 문제라면서 그들에게는 시기와 질투, 독한 경쟁과 열등감이 다른 학생에 비해 더 크다고 지적했다. 학생들에게 경쟁이 아닌 공존의 미덕을 깨닫게 해야 한다는 것이다. 시키는 공부만 하다보면 자기 정체성을 발견하기 어렵다면서 공부만 하지 말고 스스로 적성과 재능을 찾기 위해 열심히 딴 짓을 해야 한다고 말했다.

알파고의 승리에서 시작된 미래 사회에 대한 관심은 교육으로 확장되며 내 자녀를 어떻게 가르쳐야 하는가, 하는 문제로 넘어갔다. 그러다 자연스럽게 찾게 된 것이 인공지능이 취약한 분야다. 취약한 분야를 알 수 있다면 그 분야를 준비시키면 되지 않겠는가.

얼마 전 프로게임단 소속 선수였던 홍인석 씨와 인공지능과의 온라인 게임 대결이 있었다. (2016년 6월 15일) 결과는 홍 씨의 전승으로 끝났다. 인공지능에 인간이 승리를 거둔 것이다. 인공지능은 바둑보다 스타크래프트를 어려워한 것이다. 왜일까?

바둑은 두 선구가 바둑판을 모두 보며 진행하는 완전정보 게임이다. 하지만 포커와 같이 상대의 패를 볼 수 없는 불완전 정보게임에선 상대수를 추측해야 하는데 인공지능에겐 매우 어려운 일이라고 한다. 또한 바둑은 수를 둘 때마다 1분 이상씩 계산할 시간이 주어진다. 하지만 스타크래프트 같은 게임에서는 이런 시간이 없이 순간순간 판단을 내려야 한다. 그만큼 연산량이 엄청나게 늘기 때문에 인공지능에 불리하다는 얘기다. 마지막으로 바둑판은 19×19로 경우의 수가 정해져 있기 때문에 데이터화 하기가 쉽다. 하지만 스타크래프트는 훨씬 많은 화소들로 구성돼 있기 때문에 데이터화가 까다롭다는 설명이다. 직관이라는 것이 인간의 강점으로 작용한 것이다.

이런 일련의 결과를 보면서 나는 우리 아이들에게 직관력을 키워주는 게 좋겠다고 생각했다. 직관력은 많은 경험과 노하우가 쌓일 때 가능하다. 그래서 다시 책으로 돌아왔다. 내 아이들에게 책을 읽게 만든 이유에는 이런 이유도 있었다. 웬만한 문제에서 책은 늘 답이 되어준다.

09

묵상과 일일일언

이렇게 누군가의 말을 나의 언어로 바꾼다. 여러 가지 시도를 해봤지만
긴 글보다는 짧은 글이 더 강력한 임팩트가 있는 것 같다.

우뇌식 독서는 감성을 일깨우고 창의성과 예술성 그리고 글쓰기와 통합적 사고를 가능케 한다. 우뇌가 활성화되면 내가 보고 느낀 모든 경험에 나만의 의미를 찾아내게 된다. 달리 말해 평범함 속에서 새로운 의미를 찾아내는 게 우뇌식 독서의 완성이라는 말이다.

〈새로운 미래가 온다〉를 보면 미궁과 미로의 차이점에 대해서 설명한다.

"미로는 어지럽게 구획된 통로들이 얽혀있는 곳으로, 출구를 찾을 수 없는 경우가 대부분이다. 미로에 빠진 사람의 목표는 가능한 한 빨리 미로를 빠져나가는 것이다. 반면 미궁은 나선형 보행코스다. 미궁에 들어서면 길을 따라 중심으로 이동한 뒤 중심에 멈춰 선 다음 다시

되돌아 나오는 게 목표다. 미로가 분석을 통해 해결을 해야 하는 퍼즐이라면 미궁은 일종의 움직이는 명상의 공간이다. 미로가 갈피를 잡게 하는 반면 미궁은 중심으로 인도한다. 미로에서는 길을 잃어버릴지 모르지만 미궁에서는 자기 자신을 잊을 수 있다. 미로는 좌뇌를 움직이게 하고 미궁은 우뇌를 자유롭게 만든다."

요약하면 명상은 우뇌적 활동이라는 말이다.

빅터 플랭클은 〈삶의 의미를 찾아서〉에서 사람의 주된 관심사는 즐거움을 얻거나 고통을 피하는 데 있는 게 아니라 삶의 의미를 찾는 데 있다고 했다. 이상적인 삶은 두려움 속에서 치즈를 추구하는 삶이 아니다. 그보다는 여행 자체가 목적인 미궁과 더 비슷하다. 평범한 일상에서 새로운 의미를 찾는 능력은 우뇌적 사고에 기반을 둔다. 이를 위해서는 2가지가 필요하다. 일일 일언과 묵상이 그것이다.

우뇌적 사고의 활성화를 위해 가장 좋은 방법은 매일 좋은 글귀를 읽고 쓰는 데서 그치지 않고 생각하고 묵상하는 곳으로 나아가는 것이다. 물론 책을 읽지 않고도 묵상은 가능하다. 그러나 새로운 자극이 없이 묵상에 들어가면 매번 같은 생각을 되풀이하게 된다. 반면 책을 통해 좋은 글귀를 얻고 이를 들고 묵상에 잠기면 나의 습관적 사고에서 벗어날 수 있게 된다. 새로 입력된 글귀는 나를 둘러싼 일상의 경험을 새롭게 해석 하도록 만드는 터전이 된다. 이렇게 생각을 교정하지 않고서는 새로운 날을 맞이할 수 없다.

프랑스 시인 폴 발리레는 "생각대로 살지 않으면 사는 대로 생각한다."고 말했다. 그러나 이 말은 이렇게 고쳐야 한다.

"생각을 고치지 않으면 습관처럼 생각하게 된다."

묵상으로 들어가기 위한 문장은 한 문장이면 족하다. 그 한 문장에는 나와 다른 넓은 세계가 담겨 있기 마련이고, 따라서 언제 읽어도 습관처럼 살아가는 내 일상에 작은 파문을 일으킨다.

책을 읽다가 가장 인상 깊은 문장 하나를 선택하자. 그리고 그 문장을 기록해서 기왕이면 자녀에게도 읽어준다. 한 줄이면 족하다. 너무 길 필요가 없다. 그리고는 그 글에 대한 나의 생각을 한 줄로 기록한다. 이 기록은 묵상의 결과물로, 난 이것을 '일일 일언'이라고 부른다.

좋은 글귀 → 묵상 → 일일 일언

이 과정은 내가 매일 하는 일과 가운데 하나다. 단순히 읽고 끝나는 것이 아니라 생각하고 생각의 결과물을 문장으로 끄집어낸다. 예컨대 다음과 같다.

▶ 인간관계라는 직조물 위에 당신이 가진 실은 유구한 시간을 거쳐 오면서 그 특정한 사건을 짜 나가고 있는 것이다. 〈명상록10-5〉

지금 내가 만나는 그 사람이 나의 생각과 행동에 영향을 미치고 나의 미래를 결정한다. 〈나의 글〉

▶ 두려움은 회피하려는 마음을 낳고 화는 돌진하려는 마음을 가져온다. 〈세네카〉

화가 난 사람은 피하는 게 먼저다. 시간만이 화를 잠재울 수 있다. 〈나의 글〉

▶ 지속적인 자기계발이 없으면 현재의 당신 앞으로의 당신이 될 것이고 당신이 될 수도 있었던 사람과 당신 자신이 비교될 때 고통은 시작된다. 〈엘리코헨〉

내일, 다른 나를 만나기를 원한다면 오늘의 내가 달라져야 한다. 어제하지 않은 새로운 일이 나의 내일을 바꾼다. 〈나의 글〉

이렇게 누군가의 말을 나의 언어로 바꾼다. 여러 가지 시도를 해봤지만 긴 글보다는 짧은 글이 더 강력한 임팩트가 있는 것 같다. 일단 글이 짧으면 기억하기도 쉽고 자녀나 지인들에게 알려주기도 편하다.

더욱이 이런 글쓰기는 장문의 글쓰기보다 쉽다. 그러면서도 쓰기의 효과까지 거둘 수 있으므로 일석이조다. 〈글쓰기를 바꿔라〉의 기성준 작가 역시 자신의 글쓰기 모임에서 매일 명언을 베껴 쓰게 하고 그 명언을 자신의 명언으로 바꾸어 쓰게 한다고 했다. 좋은 글귀를 소재로 일기를 쓰는 것도 좋다. 하지만 부담을 피하려면, 또 기억하기 쉬우려면 일일 일언을 권한다. 나아가 아빠가 먼저 일일 일언을 실천하면 자녀에게도 긍정적 효과가 따라올 것이다.

참을 인 자 세 번이면 살인도 면한다는 말이 있다. 글자 하나도 되풀이하여 마음에 새기면 행동에 큰 영향을 끼친다. 하나둘씩 글이 모이면서 내가 쓴 그 글에 나의 생각이 반응하고 감정이 반응하면서 생각하는 대로 삶을 지배하게 되는 순간이 온다. 그러면 어느 날 내가 모르는 나의 멋진 모습을 만나게 되고 다른 누군가도 당신의 또 다른 모습을 발견하게 된다. 지식은 밖에서 들어오지만 지혜는 안에서 우러나온다.

아빠가 독서하면 삶의 온도가 올라간다

지금의 모습에 만족하는 사람은 없다. 누구나 어제보다 더 나은 내일을 갈망한다. 삶의 변화를 추구한다. 삶의 변화는 어디에서 시작되는가? 습관의 변화에서 시작된다. 그리고 습관의 변화는 행동의 변화에서 온다. 그리고 모든 시작은 사고의 변화에서 비롯된다. 사고의 변화가 있어야 진정한 삶의 변화가 이루어진다. 독서를 하면서 내가 경험한 것 중에 하나는 환경에 나의 생각이 함몰되진 않는다는 것이다. 환경이 보여주는 대로 내 마음 가는 대로 나의 생각이 흘러가지 않았다. 나의 감정대로 흘러가는 경우도 드물어졌다.

또한 독서를 하면서 항상 내 옆에 있는 것이 새롭게 느껴지고 소중하게 여겨지기 시작했다. 〈다시 책은 도끼다〉에서 박웅현 저자는 독서는 새로운 시선이 들어오는 것이라고 말하면서 "관습 안에 갇혀 약해진 아름다움을 일깨워주는 것이 예술이고 독서다"라고 말했다. 독서를 하기 전에는 항상 새로운 것에 관심이 가졌던 내가, 내 주변의 일상을 다르게 보기 시작한 것이다. 먼저 내 가족이 소중하게 여겨졌다. 내가 하는 일이 만족스러웠다. 항상 내 곁에서 열심히 일하는 분들과 그동안 나를 도와주신 분들에게 고마움을 느꼈다.

2015년은 아내와 결혼한 지 15주년이 되는 해였다. 이를 기념하기 위해서 '리마인드 웨딩 촬영'을 했다. 웨딩 관련 일을 하는 친구의 도움으로 저렴한 가격으로 촬영을 했다. 15년 전의 웨딩사진과 달리 사진들이 많이 세련되어 보였다. 촬영지가 근거리 화순에 위치한 야외여서 더욱 마음에 들었다. 처음 결혼사진을 찍을 때보다 여유 있고 서로에 대한 표현과 포즈도 자연스러웠다. 이 옷 저 옷으로 갈아입고 이런 포즈 저런 포즈를 취하다 보니 연예인이 된 기분 이었다. 우린 다시 결혼하는 신랑 신부처럼 마냥 즐거워 입이 귀에 걸려 있었다.

일상을 벗어나 시도한 작은 변화와 도전은 삶의 활력소가 되는 듯 했다. 몸은 힘들었지만 마음은 하늘 위를 나는 듯 즐겁고 행복했다. 촬영을 마치고 사진이 어떻게 나올까 궁금해하며 기대감으로 하루하루를 보냈다. 며칠 후 사진을 파일로 받아 보았다. 이제는 마음에 드는 사진을 골라야 했다. 사진기술의 발전을 느낄 수 있었다. 사진 속의 아내는 더 이상 15년차 아줌마가 아니었다. 모델 같았다. 액자에 넣을 사진을 선택하면서 행복한 고민을 했다. 아내와 나는 매우 만족스러웠다. 하지만 액자가 완성되었다는 연락을 받았지만 그 액자를 받아보는데 6개월 이상이 걸렸다. 직접 찾으러 가야 했는데 시간이 없었다. 그 사이 친구는 사장이 되어 웨딩사업을 시작한 상태였다. 사업을 시작한 친구에게 축하도 해주고 우리 액자도 찾아오기 위해 시간을 내서 친구 회사가 있는 화순으로 차를 몰았다. 무등산 길을 따라 가면 좀 더 빨리

도착할 수 있어서 그 길을 선택했다. 경사도 심하고 무척 꼬불꼬불한 길이었다. 그래서 마음껏 속도를 낼 수가 없었다. 항상 바쁘게 살며 '빨리빨리'를 외치며 살았기에 꼬부랑길의 드라이브가 답답했다.

그런데 속도를 늦추다보니 길가에 늘어서 있는 가로수가 눈에 들어왔다. 그 가로수는 항상 있었지만 그날 내 마음에 새롭게 느껴졌다. 햇빛을 받아서 그런지 그 푸르름은 이루 말할 수 없었다. 어느새 답답하고 분주했던 마음이 눈 녹듯 사라지고 여유가 샘솟기 시작했다. 항상 그 자리에 변함없이 자리를 지키며 봄 여름 가을 겨울을 만끽하고 있는 가로수 나무들이 나에게 말을 거는 듯했다.

"뭐가 그렇게 급해요?" "무엇 때문에 그렇게 빨리 가려고요?" "잠시 여유로움을 느껴 봐요."

그러면서 가로수 나무처럼 항상 내 곁에 있지만 너무 분주해서 미처 보지 못한 많은 것이 있다는 것을 알게 되었다. 항상 그 자리에 있던 가로수가 그 길을 지나는 모든 사람의 안식이 되었던 것처럼, 가로수처럼 묵묵히 내 곁에 있던 귀한 분들이 한 분 한 분 떠올랐다. 지금의 나의 모습은 분주하게 나름 열심히 살았기 때문이 아니라 그동안 스쳐 지나갔던 귀한 만남 덕분이었음이 느껴졌다. 부모님과의 만남, 친구와의 만남, 귀한 지인과의 만남. 그 만남이 차곡차곡 쌓여서 지금의 내가 되었음을 인정할 수밖에 없었다. 그 분들이 나에게 사랑을 주고 시간을 주고 마음을 주고 열정을 주었기에 지금의 내가 있음을 발견하게 된 것이다. 그런 귀한 분들을 난 바쁘다는 핑계로 전혀 돌아보지 못하고 있었다. 내 삶의 온도가 올라가는 순간이었다. 마음이 뜨겁게 달아오르며 글이 되어 나왔다.

"지금의 나"

바쁜 도로를 벗어나 나무로 우거진 길 따라 가니
바빴던 내 마음이 조금은 차분해지네.

회색빛 건물 벗어나 푸른 숲 사이 따라 달리니
차가웠던 내 마음이 조금씩 따뜻해지네.

막힘없이 곧은길에서 꾸불거리는 길 따라가니
속도가 느려져서 주변을 느끼게 되네.

내 마음이 차분해지고 나의 마음 따뜻해지니
나의 과거의 만남의 소중함 느껴지네.

지금의 나 과거의 나를 도와주신 고마운 분들로 인한 것

현재의 나 과거의 나에게 주신 귀한 사랑으로 인한 것

오늘의 나 이 모든 만남에 감사해요 그래서 이젠 표현해요

이렇게 튀어 나온 글에 멜로디를 붙여 노래를 만들었다. 독서 이후 나는 마음의 소리에 귀를 기울이게 되고 이를 글로 표현할 수 있게 되어서 너무 신기하고 즐거웠다. 비록 호흡이 긴 문장을 잘 쓰지는 못했지만 독서는 생각 속의 것을, 마음속의 것을 끄집어내 주었다. 독서는 내 생각에 불을 붙이는 짚과 같은 존재였다.

[누님들을 위한 노래]

"마이 굳 시스터"

엄마같이 우리들의 삶을 챙겨 주던 마이 굳 시스터

눈물 많고 여리고 착하기만 한 마이 굳 시스터

한없이 따뜻한 마음으로 주변을 챙기는 마이 굳 시스터

손에 깍지 꽉 끼고 모든 것을 함께해준 마이 굳 마이 시스터

그땐 난 몰랐어요

부모님과 당신이 주신 관심과 사랑

그땐 난 몰랐어요

자신의 모든 것을 양보했던 그 사랑

헌신으로 멋진 자녀 둘을 키워낸 마이 굳 시스터

참 신앙으로 자녀 셋을 키운 마이 굳 시스터

가정과 자녀에 헌신하는 마음이 따뜻한 마이 굳 시스터

맘의 상처 속에서도 믿음으로 가문을 살려낸 마이 굳 마이 시스터

이젠 난 나누고 싶어요

과거의 갈등과 고민 우리의 큰 발판

이젠 난 나누고 싶어요

우리의 소망과 행복 그건- 우리 자녀

지금 나와 당신의 마음엔 아픔과 상처 있지만

눈을 들어 하늘을 봐요

마음을 열어 가슴의 소리를 이제 들어 봐요

당신은 소중한 그 사람 행복해야 할 그 사람

당신은 마이 굳 시스터

https://youtu.be/w83fzKwtjNs

"마이 굳 시스터" 노래를 들으실 수 있습니다.

우뇌식 독서는 감성을 일깨우고
창의성과 예술성 그리고 글쓰기와 통합적 사고를 가능케 한다.

먹어보니 맛 좋은,
내 인생 5권의 책

01

5권의 책을 가슴에 품어라

최고의 성공습관을 가지고 모든 이들에게 인정을 받고 항상 밝고 긍정적으로
경제적으로 풍요롭다고 해도 한 가지가 부족한 게 있다

누구에게나 자신의 삶에 영향을 끼친
중요한 책이 있다. 많은 책이 나를 변화시키는 것이 아니다. 단 몇 권
의 책이 나를 변화시키고 나의 인생을 바꾸는 경우가 많다. 공병호 소
장에게 "당신의 인생에 확신을 심어준 한 권의 책은 무엇입니까?"라고
물으면 그는 서슴지 않고 찰스 헨리의 〈코끼리와 벼룩〉을 꼽는다. 이
책을 통해 그는 13년 동안의 조직생활을 접고 〈공병호의 자기 경영노
트〉를 출간하고, '공병호 경영연구소'를 설립하여 1인 기업가로 새로
운 삶을 출발했다. 그는 이 책을 통해 자신의 선택이 옳았음을 확신한
다. 이 책의 저자 찰스 핸디도 공병호 소장과 마찬가지로 49세에 안정
된 조직을 접고 1인 기업가로서 제 2인생을 선택하여 성공된 삶을 살
고 있었기 때문에 공병호 소장에게 더욱 큰 자극이 되었을 것이다.

〈꿈꾸는 다락방〉으로 널리 알려진 이지성 작가에게도 그의 인생을 바꾼 한 권의 책이 있다. 그것은 새뮤얼 스마일즈의 〈자조론〉이다. 초등 교사였던 이지성 작가는 11년 동안 무명작가의 삶을 살았다. 4년 7개월 동안 10권이 넘는 책을 출간했지만 별다른 주목을 받지 못했다. 실망과 좌절 속에서 우연히 만난 〈자조론〉은 그에게 꿈을 이루는 구체적인 로드맵을 가르쳐주었다. 의사였던 새뮤얼 스마일즈는 뇌졸중이라는 중병을 극복하고 자신의 책과 삶을 통해서 자기계발을 몸소 실천했다. 이지성 작가는 자기계발 서적을 섭렵하며 생생하게(vivid) 꿈꾸면(dream) 이루어진다(realization)라는 "R=VD" 공식의 힘을 알게 되었고 이를 실천한 끝에 베스트셀러 작가가 되었다.

공병호 소장과 이지성 작가의 책을 읽으면서 자극과 힘을 얻었던 기억이 난다. 그분들과 마찬가지로 나의 생각과 삶에 영향을 준 책이 있다. 그중 몇 권의 책을 소개하고자 한다. 나의 생각과 삶의 패러다임을 바꾼 〈성공하는 사람의 7가지 습관〉, 더불어 살아가는 지혜를 가르쳐준 〈카네기 인간관계론〉, 마음과 정서를 풍요롭게 해준 〈논어〉, 경제지식의 중요성과 돈의 개념 그리고 자산과 부채의 개념을 알게 해준 〈부자아빠 가난한 아빠〉, 사람은 어디서 와서 어디로 가는지, 왜 인생이 행복하지 못한지, 문명의 발달과 함께 왜 정신적 문제를 앓는 사람들이 늘어나는지, 내 의지로 내 힘으로 어찌할 수 없는 어떤 힘이 있는지 궁금할 때마다 나를 영적 세계로 인도해준 〈성경〉 이렇게 5권이다.

지금 나의 모습은 과거의 축적이다. 과거에 내가 내린 결정과 과거의 습관이 지금의 나를 만든다. 내일이 달라지기 위해서는 지금 나의 선택과 생각의 틀이 바뀌어야 한다. 내게 주어진 시간을 내가 지배해야 한다. 오늘 내가 어디에 시간을 투자 하느냐에 따라 나의 미래가 달라진다. 에센 바흐는 "시간을 지배할 줄 아는 사람은 인생을 지배할 줄 아는 사람이다."라고 말했다.

종종 사람들은 인생의 주인, 시간의 지배자가 되기 위해 시간관리 방법에 치중한다. 실제로 개인의 경험을 바탕으로 시간관리 방법을 제시하는 책은 시중에 많이 나와 있다. 하지만 누군가를 성공으로 이끈 시간관리법은 그 사람의 몸에 맞는 방식이다. 몇 년 전 유행한 〈새벽형 인간〉이라는 책도 마찬가지다. 이 책은 마치 새벽에 일어나지 못하면 실패한 인생이라는 뉘앙스를 풍기다. 나는 새벽보다는 저녁시간이 더 좋다. 새벽에 너무 일찍 일어나면 피곤해서 하루를 망치는 경우가 많았다. 하루 종일 피곤해서 일에 집중할 수가 없었다. 새벽시간 활용이 누군가에게는 최고의 시간이지만 어느 누군가에게는 하루를 망치는 경우가 있다. 또한 사람에 따라 나이가 들면 밤 시간보다 새벽시간이 더 효율적인 시간이 될 수도 있는 법이다. 시간을 어떻게 쓸 것인가를 고민하기 전에 시간에 대한 개념에 대해서 고민하는 게 필요한 이유다. 이를 돕는 책이 〈성공하는 사람의 7가지 습관〉이다.

시간 관리만 잘해도 다른 사람보다 반 발 앞서갈 수 있다. 하지만 세상은 혼자 사는 곳이 아니다. 더불어 사는 곳이다. 너와 내가 어우러져 사는 곳이 세상이다. 사람과의 관계 형성도 시간 관리만큼 중요하다. 상대를 배려하지 않는 시간 관리는 자칫 고립을 초래할 수 있다. 무조건 나를 포기하는 것도 문제고 내 것만 너무 주장하는 것도 문제다. 너와 나의 최대 능력을 끌어낼 수 있는 관계가 최고의 인간관계이다. 관계 해석을 제대로 해낼 수 있어야 한다. 나의 욕구와 상대의 욕구를 제대로 읽어낼 수 있어야 한다. 갈등이 없다는 것만으로 모든 게 해결된 것은 아니다. 알프레드 테니슨은 "적이 없는 사람을 친구로 삼지 마라. 그는 중심이 없고 믿을 만한 가치가 없는 사람이다. 차라리 분명한 선을 갖고 반대자를 가진 사람이 마음에 뿌리가 있고 믿음직한 사람이다"라고 말하고 있다.

인간관계에서 문제를 만들지 않는 것보다 문제가 닥쳤을 때 지혜롭게 해소할 수 있는 방법을 제대로 알고 있느냐가 더 중요하다. 문제가 생기면 포기하고 돌아서는 그런 관계가 아니라 최악의 관계도 최선의 관계로 바꿀 수 있는 그런 마음과 의지와 기술이 있어야 한다. 인간관계에 대해서 많은 도움을 받은 책이 바로 〈카네기 인간관계론〉이었다.

시간 관리도 잘하고 인간관계에도 문제가 없는데 하는 일마다 잘되지 않는 경우가 있다. 주위를 보면 한없이 착하고 성실한 사람이 치밀어 오르는 화를 누르지 못하고 결정적인 실수를 저지르는 경우를 많이 보게 된다. 착한 사람, 성실한 사람들은 대부분은 자기표현에 약하다. 그래서 남이 원하는 모습으로 사는 경우가 많다. 속마음을 들여다 보면 자신에 대한 부정적인 생각으로 가득하고 자신감이 결여된 모습을 볼 수 있디. 이런 사람은 먼저 마음의 상처부터 치유해야 마음에 평안이 찾아온다. 이를 통해 부정적인 생각을 긍정적인 생각으로 바꾸어야 한다. 삶의 지혜를 얻고 긍정적인 자세로 살아가기 위해 필요한 책이 〈논어〉다. 논어는 사람들의 바쁜 마음을 잠시 쉬게 하고 부정적인 생각을 긍정적으로 바꾸는 힘이 있다. 읽다보면 무릎을 치며 공감하는 글이 많다. 곱씹을수록 나의 생각과 마음을 풍요롭게 하는 구절이 수두룩하다.

시간 관리도 인간관계도 긍정적인 마인드도 있지만 매번 경제적인 문제로 고생하는 이들도 많다. 학교에서 배운 대로 열심히 성실하게 사는 것만 배웠지 경제가 무엇인지 배운 적이 없기 때문이다. 경제라고 하면 돈을 버는 방법이라고 착각하는데 내가 말하는 경제교육이라는 것은 경제마인드를 말한다. 돈에 대한 개념부터 지출과 수입, 자산에 대한 개념부터 알아야 하고, 나아가 나의 지출습관을 파악해야 한다는 말이다. 대학생 때 〈부자아빠 가난한 아빠〉를 통해서 한 번도 생각해 본 적이 없는 경제와 돈에 대해서 고민하게 되었다. 책을 통해 나는 자산과 부채에 대한 개념과, 4가지 종류의 직업이 있다는 사실을 알게 되었다. 4가지 종류란 월급쟁이, 자영업자, 사업가, 투자다. 지금 하고 있는 일도 이러한 4가지를 기준으로 장기계획을 세워 단계별로 접근했다. 이 책에 대한 비판도 많은 것으로 알고 있지만 돈에 대한 마인드를 바꿔주는 책으로 이만한 책이 없다.

최고의 성공습관을 가지고 모든 이들에게 인정을 받고 항상 밝고 긍정적으로 경제적으로 풍요롭다고 해도 한 가지가 부족한 게 있다. 모든 게 한때인 이 세상의 것으로는 만족하지 못하는 우리 영혼의 공허함이 그것이다. 내 영혼의 갈구가 때로 내면으로부터 올라와서 얼굴을 드러낼 때가 있다.

최근 언론에 노출된 성범죄자를 살펴보면 이 가운데 판사, 검사, 변호사, 의사, 연예인들이 섞여 있다. 그들에게 부족한 게 무엇인가? 돈도 있고 명예도 있고 권력도 있는데 무엇이 그들을 파멸의 길에 들어서게 했는가? 이들은 성공하기 위해 시간 관리를 얼마나 철저히 했겠는가? 사회적 지위에 오르기 위해서 인맥 관리도 얼마나 열심히 했겠는가? 경제적으로도 부러울 게 없는 사람들이다. 하지만 어느 날 성범죄자가 되어 반평생 쌓아놓은 모든 명망과 노력을 헛수고로 만드는 경우가 많다. 왜 그런가? 자신도 모르는 자신의 내면 깊은 곳에 숨겨진 욕망과 죄성을 발견하고 다룰 수 있는 방법을 배우지 못했기 때문이다. 파스칼은 말한다. "인간의 위대함은 자신의 보잘 것 없음을 아는 데 있다." "죽음 뒤에 영원한 삶을 믿어야 한다. 그래야만 참된 삶을 살 수 있기 때문이다." 〈성경〉은 내게 나의 부족함과 한계를 일

깨워 주었다. 〈성경〉은 단순히 마음을 위로하는 책이 아니다. 인간의
근본문제를 알려준다. 〈성경〉을 읽으면 새로운 차원을 엿보게 된다.

02

시간의 여유를 즐겨라 : 성공하는 사람의 7가지 습관

아빠는 자녀의 모델이다. 자식은 아빠의 습관을 그대로 답습한다.
아빠의 생각과 행동의 습관이 자녀에게 그대로 전달된다.

'습관은 인간 생활의 위대한 안내자다'

– 데이비드 흄

'노력을 중단하는 것보다 더 위험한 것은 없다. 그것은 습관을 잃는다. 습관을 버리기는 쉬워도 얻기는 힘들다' – 빅토르 위고

'습관은 제 2의 천성' – 파스칼

습관에 관한 명언은 무수히 많다. 그만큼 습관이 인생에 미치는 영향이 크다는 말이다.

"어떤 이가 작은 습관을 하나 만들었다. 그는 그것을 늘 끌고 다녔다. 그 습관이 자라서 큰 습관이 되었다. 지금 그는 그 습관에 끌려 다닌다."

〈짧은 동화 긴 생각〉(이규경) 중에 나오는 이 이야기는 나쁜 습관 하나가 인생을 얼마나 잘못된 곳으로 끌고 갈 수 있는지 간결하게 보여준다.

습관이란 무의식적으로 반복되는 행동이나 사고다. 늦잠을 자거나 운동을 하거나 독서를 하거나 휴대폰을 들여다보고 커피를 마시는 것은 의식적인 행동이 아니라 무의식적인 행동, 습관이다. 모든 행동의 40%가 습관에 의해 결정된다는 연구 결과가 있을 정도로 습관은 건강, 인간관계, 경제적 안정, 행복에 엄청난 영향을 미친다.

〈성공하는 사람들의 7가지 습관〉에서 스티브 코비 박사는 습관을 인식, 기량, 욕구 등의 3가지 요소들이 중복된 행동의 패턴이라고 말하고 있다. 이러한 반복적인 패턴을 패러다임이라고 설명한다. 패러다임이란 우리가 자각하고 이해하며 해석하는 방식이다. 만일 우리가 태도와 행동의 원천인 패러다임을 검토해 보지 않고 겉모습만 바꾸려고 노력한다면 어떠한 변화도 이끌어낼 수 없다. 사람들은 사물을 있는 그대로 보는 것이 아니라 자신의 패러다임, 즉 아무런 반성도 거치지 않고 무분별하게 받아들인 '정신적 지도'로 세상을 바라보기 때문이다.

이 책을 통해서 나의 정신적 지도, 즉 패러다임에 대해 고민하기 시작했고, 얼마 뒤 내 삶의 패러다임을 발견하게 되었다. 나는 환경을 변화시키려고 하지 않고 그저 주어진 것에만 최선을 다하는 패러다임을 가지고 있었다. 가까운 예로, 식당에서 밥을 먹을 때 반찬이 떨어지면 달라는 말을 하지 않는 성격이다. 아니 못했다. 나에게 주어진 상황을 개선하려는 의지가 없었기 때문이다. 나의 생각보다 상대의 의견을 더 중요하게 여겼다. 나는 항상 좋은 평을 받아야 했기에 다툼을 피했고 상대가 원하는 것을 들어주는 자세를 취했다. 사람과의 역동적인 관계 보다는 정적인 활동을 더 선호하는 패러다임도 발견했다. 그래서 나에 게 적합한 직업은 조직화되고 서열화된 공무원이라고 생각했다. 어릴 때부터 스스로 선택하는 경우가 많지 않았던 것 같다. 주어진 것을 받아들이는 것에 익숙해져 있었다. 아내는 나의 이런 모습을 보고 "미성숙 어른"이라고까지 했다.

이 책은 이런 식으로 독자들이 갇혀 있는 유리 감옥을 알려준다. 이 유리 감옥을 보지 않은 채 무작정 시간 관리 계획만 세워 봐야 패러다임의 한계를 벗어날 수 없다는 설명이다. 그렇다면 스티브 코비 박사는 어떻게 이 벽을 깨고 나오라고 말할까? 그게 이 책의 제목인 7가지 습관으로 이어진다.

첫 번째 습관은 주도적인 사람이 되는 것이다. 그는 이 책에서 반사적인 사람과 주도적인 사람의 차이를 설명한다. 주도적인 사람은 심사숙고하여 선택하고 내면화된 가치 기준에 따라 행동한다고 말했다. 주도적인 사람은 통제할 수 없는 상황들(관심의 원)에도 물론 관심을 두지만 통제할 수 있는 것들(영향력의 원)에 시간과 노력을 쏟는다는 얘기다.

독립의지를 계발해서 외부로부터 어떤 영향도 받지 않고 스스로 행동할 수 있는 능력을 갖추는 것이 중요하다.

코비 박사의 분류에 따르면 나의 패러다임은 실패의 패러다임이었다. 이 책을 통해서 주도적인 사람이 되기로 결심했다. 학원을 새로 시작한다면 어떻게 해야 하는가? 홍보를 해야 한다. 사람들에게 우리 학원을 알려야 한다. 학교 앞에 나가서 학생들에게 부모님에게 우리 학원을 홍보하는 것은 죽을 만큼 어려웠다. 다가가서 말을 걸 수가 없었다. 너무 부끄러웠다. 나 혼자 공부하고 자료를 만들어 강의하라고 하면 잘할 수 있겠는데 홍보는 절대 나와 맞지 않았다. 반면에 나의 아내는 지나가는 사람들에게 적극적으로 전단도 주고 학원도 소개하는 주도적인 사람이었다. 시간이 지나면서 조금씩 생각이 바뀌기 시작했다. 누군가의 도움으로 사는 사람은 평생 그렇게 사는 것이다. 오늘 주도적이지 못하면 내일은 없다는 생각이 들었다. 내가 통제할 수 있는 것에 관심을 가지고 자신의 시간과 노력을 쏟아 부을 수 있는 사람이 성공의 습관을 가지고 있다는 사실이 절실하게 인정되었다.

두 번째 습관은 끝을 생각하며 시작하라는 내용이다. 뭐든 방향과 목적지를 확실하게 정하고 시작하라는 것이 주된 요지다. 당장 눈에 볼 수 없는 장래의 가능성을 마음속으로 그려 보는 것이다. 끝을 생각하며 시작하라는 말은 관리를 의미한다. 관리란 성공의 사다리를 어떻게 하면 올라가느냐를 고민하는 효율성에 관한 것이다. 끝을 생각하고 시작하고 행동하는 가장 좋은 방법은 자기 사명서, 즉 자신의 인생철학과 신조를 문장으로 작성하는 데 있다. 자기 사명서는 우리가 어떤 사람이 되고 싶은가, 무엇을 하고 싶은가에 초점을 맞추어야 한다. 자신의 비전을 설정하는 것이다.

학원에 대한 생각은 아내를 만나면서 시작되었다. 아내와 나는 학생들에게 관심이 많았고 학생들을 가르치는 것을 좋아했다. 여러 학생들을 만나면서 학생들에게 지식을 전달하는 것만이 전부가 아니라는 것을 알게 되었다. 많은 학생들이 부모님의 부재로 마음이 공허했고 그 공허함을 달래기 위해서 화장도 하고 남자친구, 여자친구도 사귀는 등 돌출 행동을 하는 것을 알게 되었다. 공부 잘하는 착실한 모습으로는 자신의 정체성을 찾을 수 없기에 도드라진 행동을 한다는 사실을 알게 된 것이다. 학생들에게 올바른 가치관과 믿음을 주고 싶었다. 자신만의 재능을 발견하여 인재로 성장하는 데 조금이나마 도움을 주고 싶었다. 지금 이것이 나의 비전이 되었고 인터넷상에서 나의 닉네임은 "인재 조력자"이다. 한동안 학원의 바쁜 일정으로 나의 비전을 거의 잊고 산 적이 있었다. 그러던 중에 올해 1월에 광주지역 대표학원으로 선발되어 '월간인물'이라는 잡지와 인터뷰를 하게 되었는데 그때 나에게 기자가 나의 비전을 물었다. 이를 계기로 다시 한 번 나의 비전을 상기하게 되었다. 지금 나의 이 철학과 신조가 하루하루 나의 결정과 판단에 기초가 되고 있다.

세 번째 습관은 '소중한 것을 먼저 하라' 이다. 〈소중한 것을 먼저하라〉라는 책이 따로 있을 정도로 스티브 코비 박사가 중시한 습관이다.

좋은 의도와 사명을 가지고 학원을 시작했지만 이 일은 나의 생계였고 나의 미래였다. 그래서 최신을 다했다. 주말도 없었고 아플 시간도 없었다. 아내도 함께 학원 일을 했기 때문에 내 사정을 알고 있었지만 주말에도 남편 없이 혼자 아이들을 챙기고 집안일을 하다 보니 점점 지쳐갔다. 다툼은 잦아졌고 불통의 벽은 더욱 높아만 갔다. 무엇이 문제였을까? 남편으로서 나는 최선을 다하고 있었다. 술 담배도 하지 않고 오직 집, 교회, 학원밖에 모르고 살았다. 칭찬받아야 마땅한 착실하고 성실한 남편이라고 스스로 자부했다. 어느 날 아내가 이혼 이야기를 꺼냈다. 이해할 수 없는 얘기였다. 뭘 얼마나 잘하라는 걸까? 답답했다.

그때 질문 하나가 스쳐 지나갔다. "나에게 소중한 것이 무엇인가?" 스티브 코비 박사는 소중한 것은 우리가 개인적으로 가장 가치가 있다고 생각하는 일들이라고 말했다. 가치관은 우리에게 무엇을 먼저 해야 할지 알려주는 기준이 된다는 설명이다. 그는 긴급성과 중요성에 따라서 세상만사를 4가지로 구분한다. 긴급하면서 중요한 일, 긴급하면서 중요하지 않은 일, 긴급하지 않으면서 중요한 일, 긴급하지 않으면서 중요하지 않는 일이 그것이다.

스스로에게 질문을 던졌다. 무엇이 문제였을까? 나는 긴급하면서도 중요한 일만, 오직 그 일만 하면서 살아왔다는 사실을 발견하게 되었다. 내 주위에 있는 소중한 사람들에게 소리 없이 말하고 있었다.

"긴급하고 중요한 일을 하고 있어! 조금만 참아줘! 나도 힘들어! 나도 최선을 다하고 있어!"

그러는 사이 내 옆에 소중한 사람들은 메마른 땅처럼 마음이 갈라지고 황폐해져갔던 것이다. 애플 전 CEO 존 스컬리는 "스티브 잡스가 다른 사람들과 다른 점은 무엇을 할 것인가가 아니라 무엇을 하지 않을 것인가에 대한 결단을 내리는 데 있다."고 말했다.

일하는 시간을 줄이기로 했다. 일에 매진하던 나의 마음을 아내와 자녀, 부모님에게 쏟기로 마음먹었다. '긴급하지 않지만 중요한 것'을 조금씩 선택하기 시작했다. 가족과 식사하는 것이 긴급한 일이 아니지만 그 시간은 어떤 시간보다 우리의 사랑을 확인하고 내 삶의 이유를 찾는 중요한 시간이다. 아내와 반드시 데이트하는 시간을 만들었다. 지금은 자녀와 함께 영화를 보고 식사하는 시간을 갖는다. 이제는 긴급하지 않지만 중요한 일이 나의 행복이고 가족의 행복임을 알게 되었다.

〈1등의 습관〉의 저자이자 하버드 MBA 출신으로 퓰리처상을 수상한 찰스 두히그는 한때 9개월 동안 하루도 쉴 수 없을 만큼 바쁘게 살았다고 한다. 낮에는 기자로, 밤에는 작가로, 또 두 아이의 아버지로 열심히 살았다. 하지만 몸은 하나요 일은 여러 개다 보니 일정이 하나

둘 밀리기 시작했다. 두히그는 이대로는 안 되겠다고 생각하고 '여유 롭게 일하면서도 원하는 것을 모두 얻는 사람들'을 찾아가 비결을 취재하기로 결심하고 2년 동안 수백 편의 경제학과 심리학, 의학 학술 논문을 살펴봤다. 이후 두히그는 구글의 인력 자원국 최고 책임자, 미국 해병대 4성 장군, 디즈니사 최고 창의성 책임자와 뮤지컬 애니메이션 '겨울왕국' 제작진, 하버드 의대 교수, FBI 국장과 수사관들, 세계 포커 챔피언 등 내로라하는 인재들을 만났다. 그리고 그는 "생산성은 더 많이 일하거나 더 많은 땀을 흘린다고 해서 얻어지는 것이 아니라는 것을 알게 됐다"며 "선택이 가장 중요하고, 짧은 시간에 적은 노력으로 원하는 것을 어느 만큼 얻을 수 있는지 알고 이해하게 됐다"고 말했다.

스티브 코비 박사의 7가지 습관 가운데 마지막으로 살펴볼 습관은 '끊임없이 쇄신하라'다. 자기 쇄신은 네 가지 측면, 즉 신체적, 영적, 정신적/지적, 사회적/감정적 차원이 반드시 균형 있게 쇄신되고 재충전되어야 한다고 코비 박사는 주장한다.

신체적 차원은 영양 섭취, 운동, 휴식 등으로 우리 몸을 건강하게 유지하는 것이다. 우리는 영감을 주는 책을 읽거나 명상을 하거나 기도를 하거나 자연에서 시간을 보냄으로써 영적 차원을 재충전한다. 또한 읽기, 쓰기, 도전해 보기, 사색 등을 통해 정신적/지적 차원을 재충전한다. 마지막으로 중요한 인간관계를 맺고 있는 사람들의 감정은행을 풍요롭게 함으로써 사회적/감정적 차원을 재충전하는 것이 끊임없이 자기를 쇄신하는 열쇠다.

7가지 습관 중에서 내가 지금도 지키고 있는 습관은 이렇게 4가지이다. '주도적인 사람이 되라. 끝을 생각하며 시작하라. 소중한 것을 먼저 하라. 끊임없이 쇄신하라.'

물론 살다 보면 습관이 되었다고 생각한 행동이 어느새 무너져 있는 경우를 발견한다. 습관을 형성하는 데 걸리는 시간은 '21일'이라고 하는 사람도 있고, '66일'이라고 말하는 사람도 있다. 그러나 분명한 것은 완성된 습관은 없다는 것이다. 끊임없이 의지를 가지고 반복해야 한다. 사람들이 탐내는 좋은 습관일수록 의지나 동기가 사라지는 순간, 와르르 무너지는 법이다.

좋은 습관을 지속하기 위해서는 구체적인 전략이 필요하다. 〈습관의 힘〉에서 이 답을 찾을 수 있었다. 저자 찰스 두히그는 늦잠, 쇼핑, 야식, 흡연, 음주 등의 모든 습관은 '신호 – 반복 행동 – 보상'의 3단계 과정을 거쳐 형성된다고 말한다. 특정 습관이 형성된 신호가 분명히 있다는 것이다. 그 신호로 특정 행동이 반복되고 이 행동에 어떤 보상을 주는 것이다. 퇴근하고 집에 들어오면 무조건 TV를 켜는 것은 '반복적인 행동'이다. '집에 들어오면' 신호가 되는 것이다. 그 행동의 보상은 직장에서 힘들게 일하며 복잡해진 머리를 식히는 것이다. 하지만 이러한 습관은 가족과 단절을 초래하고 거리감을 만든다. 따라서 신호가 왔을 때 다른 행동으로 습관을 바꾸고 더 좋은 보상을 받는 다고 느끼면 습관은 바뀔 수 있다고 설명한다. 저자는 습관을 바꾸기 위해선 결심부터 단단히 해야 한다고 말했다. 덧붙여 대안을 찾으려는 의식적인 노력을 해야 하고, 습관의 책임은 본인 자신에게 있다는 것을 깨달아야 한다고 강조했다.

처음부터 너무 많은 것을 하려고 하면 성공 습관, 좋은 습관을 만들 수 없다. 작은 것부터 작게 실천하면 된다. 〈습관의 재발견〉의 작가 스티븐 기즈는 새롭게 만들고 싶은 습관이 있다면 뇌를 속이면 된다고 말한다. 팔굽혀 펴기 한 번을 통해 뇌의 거부감을 줄여 놓고, 보상을 받으면 뇌는 점차 그걸 긍정적이고 좋은 동작으로 생각한다. 보상은 뭘 받든 하는 사람 마음이지만 일단 매일같이 습관을 성공시켰다는 승리감은 기본적으로 받을 수 있는 보상이다. 이렇게 하다 보면 자기도 모르게 팔굽혀 펴기 하나가 아니라 자동적으로 수십 개를 하고 있는 자신의 모습을 발견하게 된다고 말한다.

만일 습관 만들기의 구체적인 실천방법을 알고 싶다면 조신영 저자의 〈성공하는 한국인의 7가지 습관〉을 권한다. 이 책에서는 습관을 좀 더 구체적으로 설명해 준다. 신체적 차원의 습관으로 규칙적으로 기상하여 나만의 시간을 갖고 하루를 계획하고, 운동 습관을 가지되 저녁 운동을 권하고 있다. 또한 감동적이고 인상적인 짧은 글로 아침 묵상을 함으로써 긍정적인 마인드를 가지라고 조언한다. 하루 동안 한 일

중 잘한 일 5가지를 적어보는 것도 '성공 습관'을 만드는 좋은 방법. 그는 스티브 코비 박사가 말하는 정신적/지적 재충전의 방법을 묵상과 독서 그리고 성공일기라는 구체적인 실천 항목으로 바꾸어서 제시하고 있다. 또한 스티브 코비 박사의 사회적/감정적 재충전을 타인에 대한 진정한 이해라고 설명하면서 공감적 대화와 경청을 권한다. 또한 저자는 스티브 코비 박사의 '자기 사명서'를 '인생의 목표를 일깨워주는 3가지 질문'으로 좀 더 구체화했다. 그것은 내가 진정으로 소유하고 싶은 것은 무엇인가?(물질적), 내가 진정으로 하고 싶은 일은 무엇인가?(흥미, 보람), 내가 이루고 싶은 목표는 무엇인가?(죽은 후 듣고 싶은 칭찬) 이 질문의 대답들의 목록을 작성하고 성취를 위해 노력하라고 주문한다.

아빠는 자녀의 모델이다. 자식은 아빠의 습관을 그대로 답습한다. 아빠의 생각과 행동의 습관이 자녀에게 그대로 전달된다. 이 책을 통해서 아빠로서의 패러다임을 점검하고 어떤 생각으로 하루하루를 살아가는지를 살펴보고 소중한 것이 무엇인지를 찾는 시간이 되기를 바란다.

03

관계의 여유를 즐겨라 : 카네기 인간관계론

어떻게 하면 좋은 인간관계를 형성할 수 있을까? 그렇게 고민하던 차에
〈카네기 인간관계론〉을 만나게 되었다.

〈행복의 조건〉이라는 책이 있다. 하
버드대학교 의대 교수인 조지 베일런트(76)가 주도한 '성인발달연구'
의 결과를 담은 책이다. 하버드대 졸업생뿐 아니라 평범한 남성 456명
과 천재 여성 90명의 삶을 수십 년간 추적한 이 연구보고서는 총 814
명의 삶을 어린 시절부터 죽을 때까지 추적하며 만족스러운 삶 또는
그렇지 못한 삶에 이르는 원인을 연구했다. 이 책의 원제는 '에이징 웰
(Aging Well)', 즉 '나이를 잘 먹는다는 것'이다. 사람이 어떻게 성숙하
는지, 어린 시절의 삶이 인생을 얼마만큼 좌우하는지, 어떤 사람들이
건강하게 나이 드는지, 세월이 흐르면 사람이 어떻게 변하는지를 다양
한 사례를 통해 분석한다.

베일런트 교수는 이 연구를 통해 인생에서 가장 중요한 것은 '타인

과의 관계'라고 말했다. 특히 47세까지 형성된 인간관계는 남은 인생의 행복에 지대한 영향을 끼친다고 설명했다. 뿐만 아니라 형제 자매간의 인간관계도 행복에 영향을 미쳤다. "65세까지 충만한 삶을 살았던 연구 대상자들 중 93%는 어린 시절 형제자매와 친밀한 관계였다"는 것이다.

부부사이 인간관계도 중요한 역할을 한다. 하버드 졸업생 중 비참한 유년기를 보냈지만 결혼이 인생의 획기적인 전환점이 된 사례가 있었다. 결혼 전에는 우울하고 공격적이며 융통성이 없던 한 남자가 47세, 58세, 75세의 기록에선 연구자들이 믿을 수 없을 만큼 '이상적인 모델', '동경의 대상'으로 변해 있었다고 보고서는 기록한다.

호주 디킨 대학과 머독 어린이연구소는 함께 연구한 내용을 "행복 연구 스프링거스 저널(Springer's Journal of Happiness Studies)"에 발표했다. 이 보고서에 따르면 어린 시절의 학업 성적보다는 긍정적인 인간관계가 어른이 된 뒤의 웰빙에 더 큰 영향을 미친다고 한다.

연구팀은 뉴질랜드에서 시행된 '건강과 발달에 관한 학제 간 연구'에 참여한 804명의 32년간의 자료를 분석해 이 같은 결론을 내렸다. 연구팀은 어린 시절 불우한 가정형편과 사교 관계, 청소년기의 사교 관계, 청소년기의 학업 성적과 성인기의 삶의 만족도(well-being) 간의 관계를 분석했다고 한다. 이 연구를 이끈 디킨 대학의 그레이그 올슨 교수는 "어린 시절의 좋은 인간관계는 평생을 두고 지속된다는 것이 확인되었다"고 밝혔다. 반면 어린 시절의 언어 발달 수준이나 청소년기의 학업 성적과 성인기 행복감 사이에는 관련성이 약한 것으로 나타났다. 또 사교 관계와 학업 성적 사이도 관계가 밀접하지 않았다. 연구팀은 "아동기나 청소년 시절에는 학업보다는 좋은 사교 관계를 맺도록 애써야 한다"고 조언했다.

여러 가지 연구결과가 보여주는 것처럼 인간관계는 인생에서 중요한 자리를 차지하고 있다. 어린 시절의 인간관계, 직장에서의 인간관계, 자녀와 부부의 관계가 삶의 질을 결정하는 것이다. 그렇다면 어떻게 하면 좋은 인간관계를 형성할 수 있을까? 고민하던 차에 〈카네기 인간관계론(How to win friends and Influence People)〉을 만나게 되었다.

이 책은 전 세계에서 3,000만 부 이상 판매고를 올리며 수많은 사람들에게 성격계발과 인간관계, 성공에 관한 메시지를 전달했다. 이 덕분에 데일 카네기(Dale Carnegie, 1888~1955)는 '현대 성공 철학의 아버지'라고 불린다. 그는 〈카네기 인간관계론(How to win friends and Influence People)〉의 저자이자 세계적인 성공학 강사, 베스트셀러 작가, 대중연설 전문가로 활동했다.

미주리 대학교에서 역사를 가르치고, 미국 현대 인물들의 평전을 계속 집필하고 있는 평전 작가 스티븐 와츠(Steven Watts)는 데일 카네기의 삶을 전면적으로 다룬 최초의 평전인 〈인간관계를 발명한 남자(Self Help Messiah)〉에서 다음과 같이 말하고 있다.

"〈라이프〉지는 카네기를 '20세기의 가장 중요한 미국인'이라고 명명했다. 미국의회 도서관이 실시한 설문조사에서 〈카네기 인간관계론〉은 미국 역사상 가장 영향력 있는 책 7위에 뽑혔다. 대중적인 역사 잡지 〈아메리칸 헤리티지〉는 1985년에 '정치적인 측면이 아니라 문화와 사회, 가정생활 측면에서' 미국인의 특성을 만드는 데 가장 크게 기여한 책 10권을 선정했다. 예상대로 마크 트웨인의 〈허클베리 핀의 모험〉, 헨리 데이비드 소로의 〈월든〉, 소스타인 베블런(Thorstein Veblen)의 〈유한계급론(Theory of the Leisure Class)〉, W. E. B. 두보이스(W. E. B. DuBois)의 〈흑인의 영혼(The Souls of Black Folk)〉, 어니스트 헤밍웨이의 〈태양은 다시 떠오른다〉 같은 책들이 포함되었는데, 데일 카네기의 〈카네기 인간관계론〉도 그 이름을 올렸다."

〈카네기 인간관계론〉에 스며든 카네기의 기본 사상, 즉 "일상생활에서 사람들과 어울리는 기술을 배우는 사람은 더 많은 수익을 올리고 더 많은 여가를 즐길 수 있으며, 무엇보다 사업과 가정에서 더 큰 행복을 느낄 수 있다"는 메시지는 이제는 현대인에게 보편화된 메시지다. 노먼 빈센트 필, 웨인 다이어, 앤서니 로빈스, M. 스캇 펙, 디팩 초프라, 스티븐 코비, 오프라 윈프리, 말콤 글래드웰 등 자기계발 분야의 권위자의 메시지는 모두 그의 생각의 복사판이다.

이밖에 이 책을 추천하는 데 또 무슨 이유가 있겠는가. 이 유명한 책을 아직 접하지 못했다면 이제라도 일독을 권한다.

04

정신적 여유를 즐겨라 : 논어

〈논어〉가 주로 인용되는 방식을 보면 인간관계에 초점이 많이 맞춰져 있다.
어울려 살아가야 하는 이 사회에서 우리는 어떤 인간관계를 맺어야 하는가 하는 내용이다.

독서를 하면서 고전을 읽어야 진정한 독
서가라는 말을 많이 들었다. 500권의 독서목록을 채울 무렵 고전에
조금씩 관심을 갖기 시작했다. 특히 〈리딩으로 리드하라〉의 저자 이지
성 작가는 인문고전 중에서도 〈논어〉와 〈플라톤의 대화편〉을 먼저 읽
을 것을 권하고 있다.

이지성 작가는 〈내 아이를 위한 인문학 교육법〉에서 〈논어〉는 어떤
삶을 살고 어떤 관계를 맺을 것인가, 정치 경제에 대해 어떤 생각을 가
질 것인가, 부를 어떻게 추구할 것인가라는 삶의 문제에 대해 이야기
하고 있다 말하고 있다. 덕분에 사서삼경에 관심을 갖기 시작했고 매
월 한 권씩 읽으면서 독서노트를 썼다.

신영복 선생은 〈담론〉에서 논어를 인간관계의 보고라고 말한다. 인

간은 지구상에서 가장 지적인 존재이다. 그러나 식물이나 동물과 달리 혼자서는 기본적인 의식주도 해결하지 못하는 나약한 존재다. 당장의 배고픔을 해결하기 위해 열심히 일해야 하고, 지식과 지혜를 습득하기 위해 스승을 만나야 하고, 외로움과 갈등을 달래기 위해서 친구가 필요하다. 이렇게 인간은 혼자서 살 수 없는 '더불어 인간'이요 '의존적인 존재'다. 이를 위해 집단을 이루어 공동체를 만들어 살아가지만 성격, 성별, 나이, 의견 등의 차이로 갈등과 분쟁은 끊이지 않는다. 공자가 살고 있던 시대가 바로 분쟁과 전쟁으로 혼란에 빠진 춘추전국시대이다. 사회 속에서 일어나는 다양한 갈등과 문제를 해결하기 위해 공자는 '인의예지충효' 같은 덕목을 제안했다. 올바른 관계를 형성하기 위해서는 먼저 나 자신을 바로 세우는 인성이 중요하다는 설명이다. 인성을 갈고 닦지 않았기 때문에 싸움이 일어난다고 보는 것이다.

〈인성이 실력이다〉에서 조벽 교수는 인성을 삼율, 즉 자기조율, 관계조율, 공익조율의 세 가지 측면으로 분리하여 설명하며 〈논어〉를 빌려온다. 잠시 내용을 살펴보면 이렇다.

자기조율은 생각과 감정의 조화에서 나온다. 자기조율로 얻어지는 것은 자제력이다. 자기조율을 못하는 사람은 외부 자극에 동물같이 즉각 반응을 보이면서 나중에 후회할 것을 저지르게 된다. 자신의 인생만 망가지는 게 아니라 타인의 인생도 망칠 수 있다. 또한 욕망을 조율하지 못하는 소인배의 삶을 살거나 심지어 감정이 자기 통제의 범위를 벗어나서 조율할 수 없는 지경, 즉 사이코패스가 될 수도 있다고 경고하고 있다. 자기조율 부족이 분노 조절장애를 일으킨다는 설명이다.

관계조율의 핵심은 긍정심이라고 말하고 있다. 사람과 사람은 서로 호감을 갖고 배려하고 존중하는 관계여야 한다는 것이다. 긍정심을 쌓아야만 그 바탕 위에 소통이 이루어 지면서 올바른 관계가 형성되는 것이다. 공자는 열다섯 살에 배움에 뜻을 뒀고, 서른 살에 홀로 섰으며, 마흔 살에 흔들리지 않게 됐고, 쉰 살에 하늘의 뜻을 알았다고 한다. 나이를 먹으면서 자신을 바라보고 세상을 바라보는 폭과 깊이가 달라지고 있음을 보여준다. 나이에 맞는 역할을 잘 수행해야 성숙한 삶을 살 수 있다. 타인 중에 나와 가장 가까운 사람은 부모이다. 부모님께 효를 할 때에는 부양하는 것뿐 아니라 공경하는 마음이 뒤따라야 한다. 부모를 향한 '효'는 이웃 어른을 모시는 '경'으로 발전한다. 또 다른 사람을 대할 때 마음속에 어진 마음과 사랑이 있어야 다른 사람도 보게 된다는 것이다.

공익조율이란 단순히 타인을 위해 나를 희생하는 이야기가 아니다 나도 좋고 남도 좋은 '윈-윈'을 위한 방법이다. 공자의 제자 자장은 "저는 사회를 위해 제 목숨을 바칠 수 없어요. 제가 죽으면 누가 저희 부모님을 모시고 제 아내와 아이를 돌보겠어요?"라고 묻는다. 공자께서는 "누구나 가족이 있고 모든 생명이 다 소중하지. 그러나 만약 이 사회에 정의롭지 못한 일이 일어나거나 관료가 나쁜 짓을 한다면 우리가 나서서 진실을 알리고 약한 이들을 위해 싸워야 한다. 이것이 바로 인애의 정신이고 정의를 지키는 길이다. 세상에 부도덕하고 불의한 악이 판을 치지 못하게 지식인들이 막아 주는 둑 역할을 해야 하는 거란다"라고 말한다. 희생이 포인트가 아니라 배운 자의 역할에 대한 이야기다.

〈논어〉가 주로 인용되는 방식을 보면 인간관계에 초점이 많이 맞춰져 있다. 어울려 살아가야 하는 이 사회에서 우리는 어떤 인간관계를 맺어야 하는가 하는 내용이다. 내가 좋아하는 말 중에도 "군자화이부동 소인동이불화"라는 말이 있다. '군자는 화목하되 부화뇌동하지 않으며 소인은 동일함에도 불구하고 화목하지 못한다' 라고 번역되는 문장이다. 신영복 선생은 이를 '군자는 다양성을 인정하고 지배하려고 하지 않으며 소인은 지배하려고 하며 공조하지 못한다' 라고 해석을 달았다. 다양성을 인정하고 받아들일 때 사회가 존재할 수 있다는 말이다.

그러나 한편으로 〈논어〉에는 사회적 관계나 정의와 같은 딱딱한 이념적 가치 이전에 인간미 넘치는 공자의 모습을 많이 만날 수 있다. 아이들 예닐곱과 함께 계곡에 나가서 놀겠다는 소박한 소망을 말하는 대목이나 아버지가 이웃의 양을 훔치면 이를 고발하는 것이 정직이 아니라 잘못을 간하되 아비가 듣지 않으면 함께 도망치는 게 정직이라고 말하는 대목도 그렇다. 제자 중에 자신보다 능력이 출중한 자가 많다고 자랑한 뒤에 '그래도 나보다 배우기를 즐기는 자는 없다'고 말하며 제자들을 분발시키는 모습도 인상적이다. 사물을 고정된 관념으로 바라보지 않고 끊임없이 자기를 반성하며 성장의 길로 나아가는 모습도 배울 바가 많았고, 그러면시도 '쓰이면 열심히 일하고 쓰이지 않으면 물러나와 한가롭게 살아간다'는 말에서는 그가 가진 삶의 깊이가 느껴졌다. 명성이나 재물보다 주어진 생애 동안 하나라도 더 배우고 익히며 살기 위해 노력한 인간 공자의 향기를 맡아보기를 권한다.

05

경제적 여유를 즐겨라 : 부자 아빠 가난한 아빠

아빠는 가정경제를 책임지는 사람이다.
아빠의 경제관념이 먼저 바뀌어야 가정경제가 바뀐다.

〈부자 아빠 가난한 아빠〉는 전 세계 20여 개의 언어로 번역된 세계적 베스트셀러다. 이 책의 저자인 로버트 키요사키는 일본인 3세로 하와이에서 태어나 부동산으로 성공을 이룬 부자다. 로버트 키요사키의 아버지는 하와이 주 공립학교 교육감이었다. 그의 아버지는 높은 학식과 덕망으로 많은 이들에게 존경을 받은 인물이었지만 집안 형편은 그다지 부유하지 못했다고 한다. 그의 아버지는 '가난한 아빠'였다. 그는 아들에게 항상 열심히 공부해서 좋은 직장에 취직할 것을 권했다. 그리고 돈에 관심을 가지는 것은 죄악이며 항상 정직하게 열심히 자신의 일에 최선을 다하며 살 것을 강조했다.

그러나 친한 친구의 아버지인 '부자 아빠'는 달랐다. 부자 아빠는 중학교를 중퇴한 사람이었지만 생각이 달랐다. 그는 항상 키요사키에게 이런 말을 들려주었다.

"나는 많이 배우지도 못했지만 내 주위에는 항상 나보다 많이 배우고 똑똑한 사람이 있었다. 진정한 부를 축적하려면 혼자 하려고 해서는 안 된단다. 나보다 뛰어난 사람들을 주위에 두고 함께 이루어 나가야 하지."

이 유명한 책을 읽으며 그동안 내 머릿속을 채웠던 경제 지식은 절약과 저축 이 두 가지뿐임을 알게 되었다. '가난한 아빠'처럼 사는 것이 잘 사는 길이라고 믿었다. 열심히 공부해서 좋은 직장을 다니는 게 내 인생 최고의 재테크였다.

이 책은 집을 '부채'라고 설명하는 것으로 유명하다. 이 말도 충격적이었지만 하다못해 나는 '자산'과 '부채'에 대해서도 몰랐다. 자산이란 무엇인가? 이 책에 따르면 자산은 주머니에 돈을 넣는 어떤 것이고 부채는 주머니에서 돈을 빼내는 어떤 것이다. 저자는 어린 시절에 금융지식을 쌓는 게 중요함을 누누이 강조한다. "아이들이 돈에 관한 지식 없이 학교를 졸업하기 때문에 교육을 많이 받은 수많은 사람들이 성공적인 직업 생활을 하면서도 나중에는 경제적으로 고생을 하게 된다. 그들은 더 열심히 일하지만 앞서 나가지는 못한다. 그들의 교육에 빠져 있는 것은 돈을 버는 방법이 아니라 돈을 쓰는 방법이다. 우리는 재산 관리 능력이라고 부른다. 즉 돈을 번 후에 그것을 관리하고, 다른 사람에게 돈을 뺏기지 않고 오랫동안 보관하고, 돈이 자신을 위해 일하게 만드는 능력이다."

〈돈 버는 게 제일 쉽다〉에서 저자 박석진도 대학생 때 일명 '부자학'이라는 것을 〈부자 아빠 가난한 아빠〉라는 책을 통해서 처음 접하게 되었고, 그 덕에 10억 부자가 되었다고 말했다. 저자는 부자가 되기 위해서는 5년 안에 CEO가 되는 것과 땅에 투자할 것을 말하고 있다. 그는 부자가 되는 영역에는 엔터테인먼트, 금융, 유통, 무역, 명품사업, 수입자동차 딜러, 부동산컨설팅, 건설 분야가 있다고 설명하며 이 분야에서 끊임없이 공부하고 노력하고 독서했던 것이 지금의 자신을 만들었다고 말했다. 덧붙여, 박석진 저자 역시 독서의 중요성을 언급한다. 책을 읽으면서 먼저 마음이 풍요로워져서 마음의 부를 이룰 수 있어서 돈은 저절로 따라온다고 말이다.

하지만 〈부자 아빠 가난한 아빠〉에 대한 비판도 있다. 〈부자 아빠의 진실 게임〉이 그 대표적인 책이다. '학교 교육은 무용지물'이라는 주장은 지금의 교육시스템에 혼란을 주고 있으며 '집은 부채'라는 주장도 반박한다. 이 책에서 인용한 내용에는 부동산 114의 김희선 상무가 한 말이 나온다. "주택 소유는 심리적 안정감을 주고 버팀목 역할을 한다."

물론 받아들이는 것은 독자의 자유의지에 달린 일이다.

나는 학원을 시작하기 전에 아내의 추천으로 〈부자 아빠 가난한 아빠〉를 읽게 되었다. 1권은 자산과 부채에 대한 개념을 알려주는 책이다. 이 책의 영향 때문에 우리는 집을 구입하는 데 회의적이었다. 집을 구입할 돈으로 현금흐름을 만드는 것이 더 낫다고 생각했다. 학원 상가를 임대 계약할 때도 오히려 전세금을 낮추고 월세를 많이 내는 것을 선택했다. 너무 많은 돈을 묶어놓지 않겠다는 계산이었다.

2권에는 그 유명한 직업의 4분면이 등장한다. 월급쟁이, 자영업자, 사업가, 투자가가 그것이다.

처음 학원을 시작하며 우리는 자영업의 세계에 발을 내디뎠다. 자영업이라는 것은 내가 아파 학원을 쉬면 수입이 제로라는 의미였다. 나의 노동력이 곧 돈이다. 주변에서 자영업의 수명은 2년밖에 안 된다는 말은 또 얼마나 들었던가. 실제로 학원을 운영한 지 2년이 가까워지면서 슬럼프가 찾아왔다. 처음 시작했을 때의 열정이 사그라졌다. 쉬는 날 없이 계속 달려오다 보니 힘에 부쳤다. 언제까지 이렇게 고생해야 되는지 고민스러웠다.

그래서 2년 안에 자영업에서 탈출할 것을 목표로 세웠다. 사업가가 되는 것이다. 사업가는 사장이 잠시 자리를 비우더라도 직원들이 회사를 유지한다. 미리부터 준비했다. 덕분에 2년 만에 확장 이사했고 선생님들도 한두 명씩 고용을 늘렸다. 선생님을 고용하지 않고 내가 직접 수업을 하면 강사비가 내 것이 되지만 이것이 투자라고 생각했고 사업가로 가려면 당장의 이익보다는 먼 미래의 이익을 볼 수 있어야 한다고 생각했다. 물론 사업이 마냥 쉬운 것은 아니었다. 약간의 시간적 여유를 얻은 반면 이익이 줄었고 인력 변수라는 또 다른 고민거리를 떠안았다. 그런 과정을 거치면서 '준비 없는 사업가'는 돈을 벌 수 없다는 결론을 내렸다. 자영업자와 사업가는 완전히 다른 분야였다. 사람에 대한 공부, 경제에 대한 공부가 필요했다. 도망치고 싶을 때도 있었다. 특히 인간관계 때문에 생기는 갈등은 그 어떤 갈등보다 내게 버거웠다. 그래서 마지막 단계인 투자자가 되는 것이 필요했다. 투자자란 사람이 돈을 버는 것이 아니라 돈이 돈을 버는 것을 말한다.

나는 이 책을 통해서 학원을 시작하기 전부터 자영업에서 사업가, 사업가에서 투자가로 진화하는 과정을 설계했다. 당장의 이익을 극대화하는 데 초점을 맞추지 않고 끊임없이 투자하려고 노력했다. 새로운 프로그램을 도입하기도 하고 학원을 인수해서 2~3개 학원에 투자하기도 했다. 실패도 많았다. 잃은 돈도 많았다. 하지만 모든 것이 값진 도전이었다. 방향이 있었기에 두렵지 않았다. 오늘도 투자자가 되기 위해 여러 가지를 도전하고 있다. 누군가에게는 비판받아 마땅할 책일지 모르지만 나에게는 경제에 대한 개념을 바꿔준 귀한 책이다.

요즈음 나는 더 많은 수입보다는 더 나은 지출을 생각한다. 의미 있는 지출을 생각한다. 이를 위해서는 사람을 먼저 생각하는 사람이 되어야 한다. '돈' 중심의 경제가 아니라 '사람' 중심의 경제로 나아가기 위해서는 인문학적 지식이 필요하다. 〈내 아이를 위한 인문학 교육법〉

에서 이지성 저자도 본질을 추구하는 인문학을 하면 부가 자연스럽게 따라온다고 말하고 있다. 즉 앞으로는 사람의 마음을 움직이는 제품만 살아남게 된다고 한다. 그 마음을 찾을 수 있는 곳이 인문학이다. 본질을 추구하며 인문학을 공부한 사람이 미래의 주인공이 된다고 이지성 작가는 말했다.

아빠는 가정경제를 책임지는 사람이다. 아빠의 경제관념이 먼저 바뀌어야 가정경제가 바뀐다. 그 변화의 계기를 이 책 〈부자 아빠 가난한 아빠〉에서 발견하기를 바란다.

06

영적인 여유를 즐겨라 : 성경

한국 교회는 인간의 성공 욕망을 하나님의 이름으로 부추겨 결국은 성공으로
의롭게 되는 교리를 만들고 있다고 저자는 말한다.

대부분의 사람들은 〈성경〉을 윤리적이
고 도적적인 책으로 생각하거나 혹은 인간이란 무엇인가에 대한 고민
을 다루는 철학책 정도로 여기는 경향이 있다. 그러나 〈성경〉은 '영적
차원'의 이야기를 다룬다.

〈성경〉에서는 인간을 육(몸)과 혼(마음), 영이 결합된 존재로 바라본
다. 특히 '영'은 인간에게만 있다.

육은 우리의 육체를 말한다. 육체에는 좋은 음식과 규칙적인 운동
이 필요하다. 농경시대에는 육체노동이 일반적 이었기에 여가나 운동
이라는 개념이 희박했다. 산업혁명 이후 기술문명이 발전하고 인권에
대한 인식이 확산되면서 비로소 삶의 요소로 운동이 들어오기 시작한
다. 이어 2000년대 초에는 '웰빙'이라는 단어가 유행했다. 운동뿐 아

니라 건강한 먹거리나 안전한 환경에 대한 니즈가 커지면서 육체적 건
강에 대한 관심이 급증한다.

그러다 불과 5년 전부터 '힐링'이라는 단어가 유행한다. 경제적 욕
구기 많은 부분 해소되었지만 새롭게 사회가 발전하면서 정신적인 스
트레스가 심해졌다. 인터넷, SNS의 발달로 타인과의 접촉점이 늘었
고, 하루에 노출된 정보의 양도 엄청나게 많아졌다. 인간관계의 증가
와 정보의 홍수 덕분에 우리 삶은 그야말로 하루하루가 선택의 연속이
되었다. 선택해야 할 것이 많다는 것은 비교하는 일이 잦았다는 뜻으
로 그만큼 마음에 불균형이 심해졌다는 것을 말한다. 그래서 마음의
치유가 필요해졌고 '힐링'이 떠오른 것이다. 심리 상담이나 명상 등이
발달한 이유도 '힐링'의 필요성 때문이었다.

그러나 '웰빙'을 하고 '힐링'을 해도 우리 힘으로 피할 수 없는 한
가지가 있다. 그것은 죽음이다. 죽음은 최근 서서히 부상하고 있는 새
로운 관심사다. 현재는 '잘 늙는 법'으로 세상에 모습을 드러내고 있
지만 '죽음'에 대한 관심은 수면 위로 떠오르고 있다. 과학적으로 분
석된 죽음을 의미하는 게 아니라 과학적 분석의 범위를 벗어난 존재
'영'과 만난다는 말이다.

'죽음'에 대한 관심의 끝에서 우리는 '영'을 만난다. 〈성경〉은 인간
에게만 '영'이 있다고 천명한다. 동물은 육체와 마음을 갖고 있지만
영은 없다. 역사 이래로 동물이 예배를 드리고 제사를 드렸다는 보고

는 없었다. 동물이 점쟁이를 찾아가는 경우도 없다. 그래서 동물에게는 영이 없는 것이다. 그런데 인간은 스스로의 힘으로 해결할 수 없는 문제에 부딪치면 '영적 힘'에 의존하게 된다. 끝없이 찾아오는 두려움을 극복하기 위해 뭔가 초월적인 힘을 본능적으로 찾아 헤맨다. 영화 〈곡성〉이 이러한 인간의 심리 상태를 적나라하게 보여준다. 이성으로는 이해가 되지 않은 딸의 상태를 해결하기 위해 아버지는 굿을 한다. 이것이 인간이 영적인 동물임을 보여주는 단적인 예이다.

"What is essential is invisible to the eye."(정말 소중한 것은 눈에 보이지 않는다.)

생텍쥐페리의 〈어린 왕자〉에 나오는 명언이다. 최근에도 눈에 보이지 않는 영적인 존재에 대한 이야기가 유행한 적이 있다. 〈시크릿〉이라는 책은 우주의 힘이라는 용어를 사용했다. 눈에 보이지 않는 절대적인 힘이 있어서 그 힘을 잘 이용하면 모든 것이 이루어진다는 것이다. 전혀 논리적이지도 이성적이지도 않는 이야기다. 하지만 사람들은 이 책에 열광했다. 열심과 성실만으로는 잘 살 수 없다고 생각하는 사람들의 희망이 되었던 것이다. 간절히 바라며 자신의 꿈을 구체적인 이미지로 떠올리면 정말로 그대로 된다는 메시지였다. 이러한 책들은 '영'의 세속적인 버전이기는 하지만 사람 안에는 초월적인 어떤 힘을 갈구하는 존재, 즉 '영'이 있다는 방증이기도 하다.

성경은 '영'의 관점에서 인간을 바라본다. 생과 사의 차원에서 바라보는 게 아니라 이성이 닿지 못하는 구름 위에서 산을 내려다보는 것이다. 그런 관점에서 삶의 목적과 이유를 바라보고, 고통의 원인을 살피고, 선과 악에 대해서 말하고, 운명이라 여기는 모든 족쇄에서 해방되는 길을 알려준다.

생과 사의 소용돌이에 빠진 인간적 관점에서는 아무리 열심히 살고 정직하게 살아도 근원적인 평안을 얻을 수 없다고 말하는 책이다. 세속적인 삶의 지혜를 비롯하여 삶의 본질을 보여준다. 세상에서는 수많은 책이 존재하지만 수천 년을 이어오며 인간을 더 높은 구름 위에서 바라보도록 도와준 책이 얼마나 되겠는가. 이 때문에 과학적 방법론에 토대를 두고 평생을 연구해온 학자나 대문호로 일컬어지는 이들이 만년에 〈성경〉을 탐독하고 새로운 인생으로 갈아탄 사례가 수두룩하다.

레프 니콜라예비치 톨스토이(Lev Nikolayevich Tolstoy)는 러시아의 소설가이자 사상가로 도스토예프스키, 투르게네프와 더불어 '러시아 3대 문호'로 일컬어지고 있다. 1870년대 후반 〈안나 카레리나〉의 마지막 몇 장을 쓸 무렵 그는 모든 것을 무의미한 것으로 만들어버리는 죽음의 공포에 사로잡혀 인생의 의미에 대한 고민을 계속하게 된다. 결국 삶의 의의는 과학이나 철학도 설명할 수 없고, 이성의 힘에 의지해서도 해결되지 않으며, 죽음을 두려워하지 않고 자연스러운 것으로 받아들이는 민중의 태도에서 배우지 않으면 안 된다는 결론에 도달한다.

〈안나 카레리나〉에서 정신적 위기와 극복이 이른바 톨스토이의 회심(回心)이며 〈참회록〉 속에 서술된 고백의 내용이다. 여기서부터 톨스토이는 원시 그리스도에 복귀하여 근로, 채식, 금주, 금연의 생활을 영위했다. 원시 기독교의 소박성을 지닌 포괄적인 비전에 부합된 삶을 살려고 노력했다.

그는 왜 〈성경〉을 만나게 되었을까?

자신의 이름이 곧 '브랜드'였던 사람이 있다. 경제경영과 자기계발을 거쳐 고전강독으로 나아갔던 공병호 소장이 그 주인공이다. 어느 날 그는 자신의 한계와 부족함을 인정하고 성경을 읽고 하나님을 알게 되면서 〈공병호의 성경공부〉, 〈공병호가 만난 하나님〉, 〈공병호가 만난 예수님〉을 펴냈다.

그는 한 인터뷰에서 이렇게 말했다. "다른 사람은 고난을 당하거나 해서 예배당을 찾는 경우가 많잖아요? 저는 순수하게 지적인 순례를 하다가 처음부터 끝까지 일관되게 진리를 추구하는 과정에서 성경을 공부하게 되었습니다. 요한복음에 '진리가 너희를 자유케 하리라'는 말씀이 나오는데, 그것은 진짜 진리입니다. 저는 진리를 더 많이 알고 싶습니다."

우리 시대의 지성 이어령 전 문화부장관도 〈지성에서 영성으로〉라는 책에서 신앙을 갖게 된 배경을 이렇게 설명했다. "미국에서 검사라는 직업을 가졌던, 지성을 자랑하던 딸이 어찌하여 기독교를 믿게 됐고,

봉사하는 삶을 살게 됐는지가 궁금했습니다. 전혀 새로운 길을 가는 그 아이를 보면서 부녀지간이라도 몰랐던 면을 발견하게 됐습니다."

25년 동안 기자 생활을 하다 40대 후반에 예수를 만나 목사가 된 조정민 목사는 모태 신앙인 아내를 교회에서 구출해내기 위해 교회에 발을 들여놓았다가 성경을 읽게 됐고 꾸준히 공부를 마음에 변화를 일으켰다고 말했다.

성경은 내면의 세계를 열어준다

공병호 소장은 "공부를 열심히 하는 사람들은 내면세계의 진리에 대한 욕망이 강합니다. 진리는 아름다운 것, 선한 것, 절대적인 것이니까요. 인간의 본성에 그것이 있질 않습니까. 모든 사람들이 그렇진 않겠지만, 마음이 청결한 사람에게는 깊은 학문이 그를 하나님께로 이끄는 것이 가능할지도 모르겠습니다."라고 말했다.

이어령 전 문화부장관도 개신교 신앙을 고백한 책 〈지성에서 영성으로〉를 소개하면서 "제가 처음 쓴 내면의 이야기입니다. 저의 약점, 슬픔을 고백한 일종의 일기장이라고 할까요." 라고 말하며, "'지성인'이라고 불리면서 과학주의에 매몰된 분들에게 사고의 폭을 넓히는 데 반드시 영성이 필요하다는 이야기를 하고 싶습니다."라고 덧붙였다.

조정민 목사는 조금 다른 이야기를 전한다. 그는 기자 출신답게 흔들리지 않는 신앙의 기초 위에 서려면 팩트(fact)가 있어야 한다고 역설

한다. 그의 책 〈왜 예수인가?(WHY JESUS)〉는 인문주의의 물음을 갖고 기독교 신앙을 조명한다. 바른 종교란, 인문주의와 함께 가지 않으면 힘에 대한 숭배가 되기 십상이라고 저자는 경고한다. 인문주의적 토대가 약한 한국 교회가 인간의 정신세계에 이바지하는 보편적 진리를 담지 못하면 화려한 겉모습은 껍데기에 불과하며 결국 무너지고 말 것이라는 주장이다. 한국 교회는 인간의 성공 욕망을 하나님의 이름으로 부추겨 결국은 성공으로 의롭게 되는 교리를 만들고 있다고 저자는 말한다. 저자는 기독교의 종교성에는 처음부터 인문주의적 문제의식이 들어 있었기 때문에 신앙 안에도 보편적 진리와 자기 수양에 대한 고민이 반영돼야 한다고 강조한다. 그의 주장은, 한국적 기독교에 대한 비판이기는 하지만 인문학과 종교가 만날 수 있는 가능성을 충분히 열어놓았다.

우리는 때때로 종교의 가치를 훼손시키는 몇몇 사례 때문에 〈성경〉을 등한시한다. 그러나 종교의 부패와 무관하게 〈성경〉은 교양인으로서 읽어볼 만한 가치가 충분하다고 믿는다. 경제적 문제, 대인관계 문제 등 당장 급한 문제들 때문에 지금은 시간이 없더라도 언젠가는 한 번쯤 '왜 세계의 지성들이 성경을 읽게 되었을까?' 하고 의심을 내보며 〈성경〉 읽기에 도전하며 최소한 시간이 아깝다는 말은 하지 않을 것으로 생각된다. 설령 〈성경〉이 아니더라도 당신의 '영'을 챙기는 시간쯤은 마련해야 하지 않을까.

5장 관련 추천 도서 10

1. '내 인생의 책'이 궁금할 때 읽으면 좋은 책

- CEO의 서재[한정원]

- 인생을 바꾼 한권의 책[잭 캔필드]

- 인생을 바꾼 한권의 책2[박경철]

- 내 인생의 기적은 한 권의 책에서 시작되었다.[김병완]

- 박경철의 자기혁명[박경철]

- 메모 습관의 힘[신정철]

- 인문학 습관[윤소정]

- 프루스트의 독서에 관하여[프루스트]

- 다산의 독서전략[권영석]

- 독서의 이유[신동기]

2. 〈성공하는 사람들의 7가지 습관〉과 함께 읽으면 좋은 책

- 1등의 습관[찰스 두히그]

- 습관의 힘[찰스 두히그]

- 습관의 재발견[스티븐 기즈]

- 성공하는 사람들의 시간관리 습관[유성은]

- 성공하는 한국인의 7가지 습관[조신영]

- 공병호 습관은 배신하지 않는다[공병호]

- 이기는 습관[전옥표]

- CEO의 습관[김성희]

- 소중한 것을 먼저 하라[스티븐코비]

- 원칙중심의 리더십[스티븐코비]

3. 〈카네기 인간관계론〉과 함께 읽으면 좋은 책

- 관계의 힘[레이먼드조]

- 나는 나에게 상처를 줄 수 없다[배르벨 바르데츠키]

- 한비자의 관계술[김원중]

- 상처받을 용기[이승민]

- 관계의 99%는 소통이다[이현주]

- 미움받을 용기[기시미 이치로]

- 세계최고의 인재들은 왜 기본에 집중할까?[도쓰카다카시]

- 하루 15분 정리의 힘[윤선현]

- 지면서 이기는 관계술[이태혁]

- 거울의 법칙[노구치 요시노리]

4. 〈논어〉와 함께 읽으면 좋은 책

- 담론[신윤복]

- 강의[신윤복]

- 마흔, 논어를 읽어야할 시간[신정근]

- 고전 명언[권경자]

- 고전의 대문[박재희]

- 3분 고전[박재희]

- 플라톤의 대화편[플라톤]

- 니코마코스 윤리학[아리스토텔레스]

- 말공부[조윤제]

- 동양고전에 빠져라[최진기]

5. 〈부자 아빠 가난한 아빠〉와 함께 읽으면 좋은 책

- 돈 버는 게 제일 쉽다[박석진]

- 나는 마트 대신 부동산에 간다[김유라]

- 부자들의 생각법[하노 벡]

- 부자들만 아는 부동산 아이큐[장인석]

- 젊은 부자[박종기]

- 월세의 여왕[성선화]

- 부자에게 점심을 사라[혼다 켄]

– 부의 추월차선[엠제이 드마코]

– 부자독학[빅터보크]

– 나는 부동산과 맞벌이 한다[너바나]

6. 〈성경〉과 함께 읽으면 좋은 책

– 톨스토이의 참회록[톨스토이]

– 톨스토이의 인생론[톨스토이]

– 공병호의 성경공부[공병호]

– 공병호가 만난 예수님[공병호]

– 공병호가 만난 하나님[공병호]

– 왜 예수인가 Why Jesus[조정민]

– 지성에서 영성으로[이어령]

– 모세처럼 기도하고 여호수아처럼 실행하라[전옥표]

– 한국의 진짜 목사를 찾아서[이지성]

– 더 크리스천[툴리안 차비진]

아빠가 책을 읽으면 글이 만들어진다

- 소비자에서 생산자로 거듭나다

1,000권의 책을 읽게 되니 뭔가를 쓰고 싶은 욕망이 생기게 되었다. 그리고 어느 날부터 그 욕망이 한 줄로 표현되기도 하고 한 편의 시가 되기도 하고 A4 용지 한 장을 채우는 산문이 되기도 했다. 남이 쓴 글을 보기만 했던 소비자인 내가 나의 글을 생산하는 생산자가 된 것이다. 지금까지는 남이 만든 영화에, 남이 만든 뮤지컬에, 남이 만든 음악에 감동만 했다면 이제는 남들에게 감동을 주고 영향을 주는 생산자가 되어 가고 있다.

앞으로의 시대는 1인 기업의 시대라고들 한다. 자신의 작은 재능으로 뭔가를 생산하여 공유하는 공유시대라고도 한다. 이러한 시대에 우리에게 필요한 능력은 자신만이 가진 능력으로 새로운 것을 만들어 내는 생산능력이다. 자신이 가진 작은 능력이 재산이 되는 시대다. 그런 시대로의 변화를 생각하면 독서가 나를 소비자에서 생산자로 만들어 준 고마운 은인이다.

나의 글을 블로그에 올리면 많은 사람들이 공감해 준다. 답글도 써 준다. 이러한 반응을 보면서 이제 내가 생산자가 되었다는 사실에 기분은 최고가 된다. 우리 자녀들의 시대는 이러한 생산과 공유가 더욱 일반화될 것이다. 그러기에 아빠가 먼저 독서를 통해 미래의 생산자가 되어보면 자녀에게도 큰 힘이 되지 않을까?

어느 날 나에게도 책을 출판할 기회가 생겼다. 10여 년 동안 학원 교재로 사용해왔던 나만의 문법 강의안을 〈개념으로 문법 마스터〉라는 제목으로 자비 출판하게 된 것이다. 이 〈개문마〉는 우리 학원에서 필요한 만큼 소량으로 출판했지만 유명 서점과 온라인 서점에서 공식적으로 판매되고 있다. 내 이름이 새겨진 책을 태어나서 처음으로 갖게 되었다. 이렇게 문법책을 출판하고 나니 신규강사들을 교육하기 위한 강사 교육 관련 책이 필요했다. 지금껏 신규강사들을 교육시키면서 얻은 노하우가 있었기에 쉽게 콘셉트를 잡을 수 있었다. 이곳저곳에서 책 쓰기 강의를 들으면서 집필에 나섰다. 목차를 세우고 서문을 써고 출간기획서를 작성하여 투고 했다. 하루가 지나고 이틀이 지나도 연락이 없었다. 실망감에 좌절하고 있을 때 출판사에서 전화가 오기 시작했다. 곧 계약이 성사되었다. 아직 원고가 완성되지 않아서 지금도 열심히 글을 쓰고 있다. 내 돈으로 투자해서 하는 자비출판과 달리 정식 출판계약을 맺었기에 더욱 의미가 컸다. 내 책이 교보나 예스24 등 주요 서점에 진열될 것을 생각하니 잠을 이룰 수가 없었다.

독서는 나에게 '저자'라는 또 다른 명암을 만들어주었다. 독서를 처음 시작했을 때 이런 날이 오리라고 꿈도 꾸지 못했다. 하지만 계약이 성사되고 나니 또 다른 욕심이 생겼다. 매월 15권 이상의 책을 3년 동안 읽으면서 누적 권수가 1,000권을 넘어서자 독서에 관한 책을 쓰고 싶었다. 독서초보자의 경험담을 이야기하고 싶었다. 무엇보다도 우리 자녀에게 내 이야기를 잘 정리해서 전달하고 싶었다. 우리 학원 학생들에게도 독서의 중요성을 일깨워주고 싶었다. 그것이 바로 이 책 〈아빠 독서〉다.

독서와의 만남으로 내가 가보지 않던 길을 걷게 되었다. 귀한 저자들도 만나게 되었다. 책이 출간되고 나면 나에게 또 다른 문이 열리리라 기대해 본다. 독서와의 만남은 감히 비유하면 윈스턴 처칠과, 페니실린을 발견한 플래밍의 만남과 같았다. 이 둘의 만남은 서로를 살리고 사회를 건강하게 만든 아름다운 만남이었다.

어린 처칠이 어느 날 가족과 함께 한적한 시골 호숫가에서 놀다가 실족하여 물에 빠져 허우적거리고 있었다. 그때 한 시골 소년이 용감하게 호수에 뛰어들어 그를 구했다. 의사가 되는 것이 꿈이었던 이 가난한 소년은 처칠의 도움으로 의과대학에 진학해서 의사가 되었다. 그리고 기적의 약인 페니실린을 발견했다. 1940년 5월 처칠이 중동지역 순시 중 폐렴에 걸려 사경을 헤맬 때 플레밍은 자기가 발견한 페니실린으로 또 한 번 처칠을 구하게 된다. 처칠의 도움으로 의학을 공부한 그가 또 한 번 은혜를 갚은 것이다. 플레밍과 처칠. 두 사람의 만남은 아름다운 상생의 만남이었다

책과의 만남 역시 나의 인생을 바꾸는 계기가 되었다. 또 다른 인생의 기회를 준 만남이었다. 아빠가 독서를 한다면 지금과 다른 새로운 길을 발견하게 되고 새로운 인간관계가 시작된다. 소비자로만 사는 인생이 아닌 생산자가 되는 인생으로 생의 노선을 갈아타게 된다.

[나의 꿈을 향한 노래]

"우린 멋진 꿈꾼 이들"

내가 태어난 것은 우연이 아니야
존재에는 이유가 있어
나에게 존재의 이유를 알려준 건 나의 꿈

세상은 나를 모르지만
나는 나의 꿈을 이 세상에 말하고 싶어
이룬 것 없고 내세울 것 없지만
나는 존재만으로 소중한 사람

내가 여기에 있는 건 이유가 있어

인생에는 이유가 있어

나에게 살아갈 이유를 알려준 건 나의 꿈

평범하지만 평범하지 않게

나의 이야기를 세상에 말하고 싶어

그냥 그뿐이야 그게 전부야

내 이야기를 하고 싶을 뿐

표현해봐 너의 과거를

실패도 성공도 모두 너의 아름다운 이야기

소리쳐봐 너의 지금을

아무도 들어주지 않아도 너의 멋진 이야기

주위를 봐 우리의 만남을

미래의 꿈을 키워가는 우린 멋진 꿈꾼 이들

https://youtu.be/xaktWkBxvJw

"우린 멋진 꿈꾼 이들" 노래를 들으실 수 있습니다.

아빠가 독서 하면 예술가의 숨은 본능이 발현된다

1년 만에 100곡을 작곡하다

독서를 하면서 나만 바라보던 좁은 시야가 내 주변 사람들로 향하게 되었다. 특히 가족의 소중함을 깊이 느끼게 되었고 가족을 생각하며 짧은 글을 쓰기 시작했다. 아버지, 어머니, 아내, 아들, 누님들을 위해서 글을 쓰게 된 것이다. 마음을 담아 쓴 이 글에, 작곡을 전문적으로 배운 적도 없던 내가 멜로디를 붙이기 시작했다. 그리고 한곡 한곡을 완성해 갔다. 그렇게 1년 동안 100곡을 작곡했다.

작곡은 우연히 시작되었다. 설날에 놀러 온 조카와 함께 피아노를 치며 노래를 부르다가 우연히 노래 한 소절을 만들게 된 것이다. 말 그대로 어느 날 갑자기 일어난 일이다. 나는 내가 부르는 노래의 음정을 전혀 몰랐지만 조카가 이 노래를 피아노를 쳐 주었다.

내가 아는 것은 딱 3가지였다. 기타를 치는 것, 노래의 코드 진행이 1도에서 4도 그리고 5도로 이동된다는 것이 그것이다. 이 3가지 지식으로 1시간 만에 노래 한 곡을 완성했다. 그렇게 만들어진 노래를 그날 밤 가족과 함께 불렀다. 모두들 놀라워했다. 하지만 가장 놀란 사람은 다름 아닌 나 자신이었다. 작곡을 배운 적도 없는 내가 어떻게 작곡을 할 수 있게 되었는지, 무엇이 나를 이렇게 만들었는지 궁금했다. 아무리 고민하고 또 고민해 봐도 독서 외에는 답을 찾을 수 없었다.

이렇게 내 인생에 작곡이 시작되었다. 3일간의 설 연휴기간 동안 내가 만든 곡은 3곡. 대부분CCM(교회노래)이었지만 대단한 일이었다. 내 노래가 혹시 표절이 아닐까 의심이 되어 조카가 아는 반주자에게 나의 노래 파일을 보내 확인해 보았다. 많은 곡을 알고 들었던 그 반주자는 처음 들어본 곡이라고 말했다. 그때부터 매주 평균 2곡을 작곡하게 되었다. 글을 쓰고 그 위에 코드를 기록하며 노래를 해서 스마트 폰에 저장했다. 하지만 악보를 써주던 조카가 서울로 상경한 까닭에 악보를 써 줄 수 있는 사람이 없었다. 주위를 찾아보았지만 채보를 해줄 사람이 없었다. 그러다가 인터넷을 통해서 한 분을 알게 되었다. 녹음한 노래 파일을 보내주면 악보를 만들어 2~3일 내로 보내주었다.

악보 파일을 받는 날 내 가슴은 벅차올랐다. 내가 만든 곡이 악보가 되어 세상에 태어나다니. 이 자체만으로 흥분하지 않을 수 없었다. 주위 사람들에게 자랑하고 싶었다. 악보 만드는 즐거움이 너무나도 좋아 시도 때도 없이 기타를 들고 노래를 만들었다. 아내와 아들들은 나의 노래를 별로 좋아하지 않았다. 항상 곡이 똑같다는 것이다. 이 말을 듣고 너무나 서운해서 노래 만드는 것을 포기하고 싶을 정도였다. 하지만 이대로 포기한다면 그건 책을 읽은 사람이 아니다.

〈공병호의 인생사전〉에는 '양이 질을 결정한다.' 라는 내용이 있다.

바흐도 매주 한 편의 칸타타를 작곡했고 모차르트는 600편의 곡을 작곡했으며 프로이드는 650편 이상의 논문을 발표했고 피카소는 2만 점 이상의 작품을 완성했다는 것이다. 그러한 과정을 거치면서 우리가 기억할 만한 최고의 작품을 만들게 되었다는 내용을 접하게 되었다. 그래서 포기하지 않고 꾸준히 노래를 만들었다. 돈도 안 되는 일이었지만 노래를 만드는 그 시간이 나에게는 최고로 행복한 시간이었다.

결국 2015년 한 해 동안 100곡 이상의 노래를 작곡했고 그중에 몇 곡은 악보로 옮겼다. 이렇게 노래를 만들자 직접 불러서 '유튜브'에 올리고 싶은 욕심이 생겼다. 이를 위해서는 편곡도 필요하고 MR작업도 필요했다. 이곳저곳 알아보았지만 금액이 너무 비쌌다. 수소문 끝에 편곡과 MR을 저렴하게 도와주실 분을 만나게 되었다. 그분과 함께 노래를 편곡하고 피아노로 MR도 만들었다. 결국 그분의 도움으로 스튜디오에서 녹음까지 하게 되었다. 스튜디오에서 녹음할 때 한 곡을 여러 번 부르기도 하고 쪼개서 부르기도 하면서 1시간 동안 녹음했다. 녹음을 하고 1주일 만에 곡을 받았다. 받자마자 곡을 듣는데 너무 민망했다. 가수들이 부른 노래처럼 멋진 곡이 나올 것을 기대했는데 나의 노래실력은 형편없었다. 나중에 알게 되었는데 믹싱(mixing)이나 마스터링(mastering) 과정을 생략했기 때문이었다.

그러다 우연히 광주에서 믹싱/마스터링 전문가를 만나게 되었다. 그분의 도움으로 MR를 만들어 스튜디오에서 녹음하여 제대로 된 노래가 탄생하게 되었다. 그렇게 나는 작곡가가 되었다. 가사를 쓰고 기타로 작곡하는 모습이 나의 자녀에게 자극이 되었는지 막내아들은 작곡과 드럼을 배우며 자신이 음악에 끼가 있음을 발견하게 되었다. 그래서 지금 막내아들은 스튜디오에서 노래를 녹음해서 유튜브에 올리고 있다. 이 사실이 친구들과 선생님에게 알려지면서 아들의 노래 조회 수는 항상 내 조회 수를 능가했다.

독서를 하면서 작곡이라는 새로운 재능을 발견하게 된 것은 행운이었다. 작곡이 나에게 경제적인 부유함을 주는 것은 아니지만 삶의 풍요로움을 선물해 주었다. 노래 만들기는 남이 갖지 못한 나만의 무기이다. 누군가에게 빼앗길 염려도 없다. 독서는 내 가정의 지도에 완전한 지각변동을 일으켰다. 무엇보다도 아이들이 아빠의 모습에서 영감을 얻고 비전을 발견하게 된 것이 정말 기뻤다. 아빠가 독서를 하면 가정의 숨겨진 어마어마한 보물을 발견하게 된다.

나의 변화는 가정의 변화를 낳는다
가정의 변화는 밝은 미래를 낳는다
성공을 위한 독서가 아니라
성장을 위한 독서를 시작하자
성숙을 위한 독서에 도전하자
그러면 나도 몰랐던 나의 능력을 대면하게 된다

성공은 쫓아가는 것이 아니라 따라오는 것이다

[아내를 위한 노래]

"당신과 함께 한 시간"

어느 날 하나님의 사랑을 듬뿍 받는 그녀를 만났어요.

함께 대화하는 것. 나와 통하는 그녀가

비전이 통하는 그녀가 좋았어요.

어느 날 그녀 생각만으로 잠 못 이루는 밤이

많아졌어요. 나의 메모장엔 온통 그녀에 대한

얘기뿐. 우연히 만나는 날도 참 많았어요.

그때 바로 그때 나는 알게 되었어요.

내가 그녀를 좋아하는 것만이 아니란 것을

그건 사랑 사랑이었어요.

그때 바로 그때 이렇게 고백했어요.

나의 것으론 당신을 사랑할 수 없다고

주님이 주신 크고도 놀라운 그 사랑으로
당신을 사랑합니다.

이제는 당신과 함께한 이십 년이 훌쩍 지나버렸어요
슬픈 일 어려운 일 나와 통하는 친구처럼
기쁜 일 즐거운 일 사랑의 연인처럼

앞으로 당신과 함께할 평생의 세월이 기대돼요.
우리의 사랑을 사람들에게 전달하며
우리의 후대를 키우는 일을 해요.

지금 바로 지금 나는 알게 되었어요.
우리의 사랑이 우리만의 사랑이 아니라는 것을
그건 헌신의 사랑이었어요.
지금 바로 지금 이렇게 고백했어요.
나의 힘으로 당신의 힘으로 살 수 없다고
주님이 주신 크고도 놀라운 그 사랑으로
하나님의 뜻을 이뤄가요.

https://youtu.be/aJTOUgR_VFI

"당신과 함께 한 시간" 노래를 들으실 수 있습니다.

"지난 집필기간은 큰 기쁨이요
즐거움이었다"

이 책이 나오기까지 많은 분들의 격려와 도움이 있었다.
광주에서 함께 독서모임을 하고 있는 '북럽' 회원들, 그리고 슬럼프가 있을 때마다
기도로 돕고 조언해 준 내 아들 하민이와 이레,
그리고 내가 사랑하는 아내에게 감사의 말을 전하고 싶다.

인부지이불온 불역군자호(人不知而不溫이면 不亦君子乎)

다른 사람이 알아주지 않아도 성내지 않으니 이 또한 군자 아닌가?

– 〈논어〉 중에서

내 인생 첫 책이 출간될 수 있다는 사실만으로 지난 6개월의 집필
기간은 큰 기쁨이요 즐거움이었다. 하지만 시간이 지나면서 두려움이
엄습했다. 사람들이 어떻게 볼까? 시선을 의식하는 마음은 갈수록 커
졌다.

남의 시선에 연연하지 않고 자신의 시선을 유지하며 소신 있게 세상을 살아간다는 것은 쉬운 일이 아니다. 논어에서 공자는 남의 평가에 연연하지 말고 내 목표와 내 꿈을 세우고 거기에 매진하는 사람이 진정한 군자라고 말했다. 남의 시선이 아닌 나의 시선으로 최선을 다하는 것. 그것으로 만족하는 것. 그것으로 즐거워하는 것이 행복이라는 얘기다.

공자의 말을 되새기며 위로를 받았다. 처음부터 잘할 수는 없다. 처음부터 모두에게 좋은 평가를 받을 수 없다. 이 사실을 인정하는 데에 많은 시간이 걸렸다. 완벽하게 잘 쓰려는 마음을 버리고 마무리를 잘하자는 심정으로 두려움을 극복해 나갔다.

다산 정약용 선생은 18년간 유배생활을 한 인물이다. 정조대왕 시절, 승승장구하던 정계의 횃불이 나이 사십에 완전히 무너졌다. 정조대왕이 죽자 그는 정치적으로 설 자리가 없었다. 그럼에도 불구하고 다산은 유배지에서 군자의 삶을 포기하지 않았다. 남의 눈을 의식하기보다는 자신의 시각으로 주어진 상황을 받아들이고 그 순간 자신이 해야 할 일을 찾았다. 다산은 유배지에서 제자들과 함께 500여권의 저작들을 남기면서 조선 후기 실학의 기초를 닦았다.

세계 최대 소셜 네트워크 서비스 업체인 페이스북 본사에는 '완벽을 추구하는 것보다는 일단 저지르고 보는 게 낫다(Done is better than perfect)'는 구호가 곳곳에 붙어 있다고 한다. 실패를 두려워하지 않고 과감하게 추진하라는 뜻이리라. 완벽을 바랐다면 이 책이 나오지 못했을 것이다. 자신의 수준만큼만 하면 된다. 더 잘하려고 하면 오히려 독이 된다. 자신의 수준과 능력을 인정하고 그 자리에서 최선을 다하면 되는 것이다.

이 책이 나오기까지 많은 분들의 격려와 도움이 있었다. 광주에서 함께 독서모임을 하고 있는 '북럽' 회원들, 그리고 슬럼프가 있을 때마다 기도로 돕고 조언해 준 내 아들 하민이와 이레, 그리고 내가 사랑하는 아내에게 감사의 말을 전하고 싶다. 이 책이 첫 씨앗이 되어 두 번째, 세 번째 책이라는 더 멋진 열매가 맺어지기를 기대한다. 마지막으로 부족한 나의 책을 알아봐주시고 선택하여 세상에 나올 수 있도록 도와주신 도서출판 프로방스 조현수 사장님께도 깊은 감사를 드린다.

마지막으로 내 마음의 안식처이자 힘이 되어주신 하나님께 감사드립니다.

2016년 겨울에

저자 **류대국**